朱雀伸吾
Shingo Sujaku
深山フギン
illustration
第1回おじさん超会議
最高のおつまみはなんだ!?選
権
進《すすむ》はその文字を大声で読み上げる。
「『第一回おじさん超会議!!
最高のおつまみはなんだ!???
選手権!!』です!!!!!!!!」
はたらけ！
おじさんの森 4

ネコミは足に力を込めて、素早く水を蹴る。
小刻みに、力強く。蹴れば蹴るだけ推進力がついて前進する。
ネコミに負けじとイヌスケも手足をばたつかせて
凄《すご》い速さで隣についてくる。

――あ。魚だ！　捕まえよう!!

ライオネスの全身に
デスオジスタンプが張り巡らされていた…。
ハイエナ族のエナジーが、
悪魔のように語りかけてくる。
『まあまあまあ……』

『ビアボーイアキラ!!!!』
『び……ビアボーイアキラ様!!』
『ビアボーイアキラ様!!!!』

木林《きばやし》がミズホに目配せをすると、みんなに手のひらぐらいの大きさのカードの束《たば》が配られる。

「それでは、皆さん、カードを自分の机に順番に並べていってくださいでござる！」

おじさんの森　住民図鑑

NAME	
木林　裕之　KIBAYASHI HIROSHI	
PROFILE	
生年月日	1969年12月24日（51歳）
身長	180㎝
体重	68kg
仕事	プログラマー（主に在宅）
好きな酒の肴	バーニャカウダ、マッシュルームのアヒージョ、アクアパッツァ
座右の銘	冒険は玄関から出なくても始まる

長髪、ダサメガネ、バンダナ、よれよれシャツ…どっからどう見てもオタクな出で立ち。何を間違ったか、「森」姓でないのにトリップさせられた。意外と社交的でムードメーカーの一面も。背も高く、眼鏡を取るとイケメン…という噂。4巻ではあにまる達の〝先生〟に⁉

はたらけ！　おじさんの森　4

朱雀伸吾

ヒーロー文庫

はたらけ! おじさんの森 4

Hatarake! OJISAN no MORI

CONTENTS

illustration / 深山フギン

イラスト／深山フギン
装丁・本文デザイン／5GAS DESIGN STUDIO
校正／佐久間恵（東京出版サービスセンター）
DTP／天満咲江（主婦の友社）

この物語は、フィクションです。
実在の人物・団体等とは関係ありません。
また、作中の登場人物の年齢は初版出版時
（2021年6月末日）のものです。

長いプロローグ　おじさんの自己紹介って永遠に続くよね！

あにまるワールドに集められたおじさん達。それは隠居したわかもの達が思いついた、まさに神々の遊びともいえる『はたらけ！　おじさんの森』プロジェクト。そこでおじさん達は原住民である二足歩行で言葉を話す動物「あにまる」と共同生活をして、他の島と生活環境の良さを総合的に競い合う。そんなレースに参加している、一つの島があった。草は伸び放題、ゴミは落ち放題で、今にも壊れそうな掘っ立て小屋がいくつか建っているだけの、ほぼ未開発の荒廃した島だ。その島には四人のおじさんと成《せい》あにまるが四頭。その島の名はぶどう島。「野性的でダントツフィジカルに突出している」というピンポイントな項目だけでプロジェクトでの順位はまさかの二位である。

そのぶどう島の砂浜にその日、沢山のおじさんとあにまるが集まっていた。

開口一番、道着を着て頭にハチマキを巻いた、格闘ゲームの主人公のような体格の良い一人のおじさんが空を震わすほどの声で自己紹介を始める。

「俺の名前は石《いし》ノ森翔《もりしょう》45歳！　俺の趣味は身体を鍛え、強い者と闘うことだ。そして、強き者は優しくなくてはならない。そう、アンパンガイのようにな！　だから俺はパン屋になったのだ。都内某所に店がある『石ノ森パン道場』の店主だ！　優しい世界の中では誰も空腹であってはならないからだ！　それは世界が変わっても同じことだと俺は思う。誰もひもじい思いをさせはしない。そのために俺達の島は毎日毎日、身体を鍛えている。え？　何故《なぜ》パン屋なのに道着を着ているかって？　あっはっは‼　そうだな。この島に連れてこられたおじさん達はみな仕事着で送られてきているというのに、何故俺は道着なのか？　いや、それは間違っていないのだ！　これが俺のパン屋の制服だからな！　なんせ店の名前が『石ノ森パン道場』だからな、あっはっは‼　ああ勿論《もちろん》、鍛錬して汗まみれの道着でパンを作ったりはしないぞ！　制服と鍛錬の道着はしっかりと分けている。朝練をする時は当然シャワーを浴びて、清潔な道着に着替えてからパン作りをしているから安心してくれ！　『無人島に一つだけ持っていくなら？』というゲームの最初の質問で願ったものはパンだが、アップデートで小麦粉も手に入るようになったので、この島でも絶対に俺のこの手でパンを作ってやるぞ！　そのためにおじさん島の山太郎《やまたろう》さんには窯《かま》を作ってもらわねばならんがな！　座右の銘は『弱肉強食』！　その言葉に則《のっと》って、俺達の島はあにまるとも対決をして、獅子族《しぞく》のライオネスに負けた俺達は彼を島リーダーに、打倒わかものて団結したのだ。まあ、それもおじさん島の進君《すすむくん》に負けて、今回傘下《さんか》となるわけだがな！」

そこまで一息に大声で言った後、ニカッと笑って、翔の自己紹介は終わった。

そして次に、翔の横に立っているライダースジャケットとジーパン、茶髪で長髪の男が発言する。

「俺の名前は石《いし》ノ森巧《もりたくみ》っていうんだ。翔の弟で42歳だ。俺は日本や世界をブラブラしながらその土地で様々なバイトをしているんだぜ。元々実家がパン屋だったってのもあるからそれを継ぐのは兄貴だろうと思ってはいたんだけど、兄貴は兄貴で自分の店を作って、妹の和音《かずね》と一緒に切り盛りし始めやがった。そんなんなら最初から実家は俺が継げばよかったぜ。まあ、それはそれで良いんだけどさ。俺の放浪癖《ほうろうへき》ってのも兄貴の影響っていうか。ほら、俺と兄貴って三歳差だろう？　兄貴と一緒に学校通ったのって小学校が最後でさ。それから中学校高校って兄貴と同じ所に行ったんだけど、えと、私立轟《とどろき》中学と、県立雷鳴《らいめい》高校って所なんだけど、どこに入っても教師や先輩から『おお、お前が石ノ森の弟か‼』『おお、君が石ノ森先輩の弟か‼』って話題になってよ。いや、勿論皆可愛《かわい》がってくれてありがたいんだけど、空手部に入っても常に兄貴の影があるとやっぱり肩が凝っちまって。だから、高校を卒業したら俺はすぐに家を出て、一人旅を始めたんだ。日本全国を回り切ったら海外にも渡って、世界を旅して回って、その日暮らしの銭《ぜに》を稼いだりヒッチハイクで色んな街を旅したり。治安の悪い地域だったら兄貴と一緒に習ってた空手と黒帯が役に立ったな。なんでもありの喧嘩《けんか》空手ならそこそこの腕前だと自負しているぜ。ええと、座右の銘は俺の造語だけど『世界を旅する、根無し草たれ』みたいなヤツだな。あ、あと、無人島に持っていくなら何を、ってヤツ？　あれは俺はバイクって答えたからバイクもらえたんだけど、こう砂浜だらけで森だらけじゃうまく乗りこなせないし、ガソリンやそこらへんの燃料もどうしようかって考えてて。そういうのってわかものの本拠地メインランドしかないかなって思ってたりもしたんだけど。おじさん島の進さんとかと相談したら、良いのを見つけたんだ。代替品エネルギーとして、この世界の樹木の中に燃料になりそうなやつをよ!!　きっちりと整備したらこの世界をバイクで旅して回るのが、今の俺の夢かな」

砕けた口調で自己紹介を終え、親指を立ててポーズを決めた巧は次に、横に立っている短髪で赤いメッシュを入れている男性とバトンタッチする。優しい瞳をした、細身の男である。服装は飾りっ気のない、黒い服に黒いズボンで、随分とスタイルが良い。

「皆さんこんにちは。僕は石《いし》ノ森《もり》雄介《ゆうすけ》っていうんだ。翔と巧の従兄《いとこ》で、僕が56歳で翔のほぼ一回り上だね。翔と巧の父親がうちの父親と兄弟で、家も近所だからよく会っていたんだ。職業はデザイナーで、ああ、一応石ノ森一族だから格闘技はやっていて、僕はテコンドーだね。そこそこ強くはあるけど、やっぱり毎日鍛錬している翔とかには敵《かな》わないかな。身体は柔《やわ》らかい方だからそこが強みではあるけど、ぶどう島ではハイエナ族のエナジー君に負けたぐらいだから、序列的には下の方さ。ライオネス君にも絶対敵わないと思うよ。皆、本当に闘うのが好きだよね。えと、僕がこの島に何を持ってきたか？　ああ、それを僕は『ギフト』って呼んでいるんだけど、決まっているよね。デザイナーズペンシル。これに限る。え？　生活？　うーん僕は現実世界でもあんまり生活力はなかったかな、申し訳ないけど。こう言ったらなんだけど、石ノ森一族は女子がしっかりしているんだ。だから、管理人のカズネは翔の妹で、僕の従妹《いとこ》なんだけど、彼女は本当にすごくしっかりしているよ。巧も言ってたけど、翔の店の経営はほとんど彼女が一人で切り盛りしていたようなものだからね。僕の座右の銘は『晴天を誉《ほ》めるなら日没を待て』だね。凄《すご》く良い言葉だよね。何か服とか家とか広告とか、デザインの仕事なんかあったら依頼よろしく。だけどうちの島には壊す人間やあにまるばかりで、誰も作れる人はいないから、それこそおじさん島の山太郎さんやコリス君、チュンリーちゃんにデザインだけ投げて発注しちゃうけど、よろしくね」

にこやかに、楽しそうに話しながら、うんうんと何度も満足そうに頷《うなず》いている雄介の横で、今度は青いメッシュが入っている若干《じゃっかん》大人しめな好青年が口を開く。見た目だけでいうとそこそこ若そうであるが、彼も一応おじさんの部類としてこの世界へ連れてこられたのだろうか。

「えと、石《いし》ノ森良太郎《もりりょうたろう》です。35歳です。えと、このあにまるワールドではわかものが35歳でおじさん認定されて隠居となってしまうと聞きましたので、まさにその境の年齢ってことになりますね。その理論でこの『はたらけ！　おじさんの森』プロジェクトは始まっているると聞いてますから、僕が34歳だったら呼ばれなかったというわけで、ひょっとしたら、僕が最年少なのかもしれませんね。四月生まれなんで、五月、六月生まれで35歳の人いたら教えてください。仲良くしましょう。え、と。仕事は保育士をやっています。僕は翔君と巧君の兄である仁志《ひとし》の子供で、だから翔君達からしたら、甥《おい》ってことになるのかな。小さい頃から凄《すご》く可愛《かわい》がってもらって、今でも年の離れたお兄ちゃんって感じです。巧兄ちゃんや雄介おじさんが言ったように石ノ森一族は大体格闘技をやっているんですけど、僕は根がおっとりとした性分なんで、ちょっと変わっていて太極拳《たいきょくけん》や気功とかを一通りやっていました。なので、合気道の進さんと戦い方は似ているかもしれないので、進さんにご指南してもらえたら嬉《うれ》しいです。あにまるワールドに来る前に願った、一つだけ持っていけるなら、というものはエプロンです。このエプロンが本当に凄く良い素材でとても気に入っているんです！　更にアップデートでかなり素材なんかも強くなって、ロゴとかの色も増えてデザインも格好よくなって滅茶苦茶嬉しかったです。でも、エプロンはしてても、別に料理はしないんですけどね。あはは。いや、本当は出来るんですけど、保育園の給食室でおやつとか調理師さんのお手伝いもしたりするから。だけど、仕事では料理しても、家じゃしたくない人っているじゃない？　うふふ。それが僕なんです。座右の銘は『一波《いっぱ》纔《わず》かに動いて万波《まんぱ》随《したが》う』です。どうぞよろしくお願いします」

ぶどう島のおじさん達の紹介は以上である。そして、この島はあにまる達もおじさんなので、そのままあにまる達の紹介が始まった。道着の下だけを穿《は》いた、大きな二足歩行のライオンが口を開く。

「ぶどう島の島リーダー、ライオネスだレオン。一応年齢は38歳だと思う。あにまるワールドには誕生日がなく、年明けに全員が一歳年をとることになっている。メインランドでは闘技場、あにまるコロシアムの拳闘士《けんとうし》として働いていた。こう見えてもディフェンディングチャンピオンだレオン。座右の銘は二つあって、ショウから教えてもらった『弱肉強食』とススムから教えてもらった『郷に入っては郷に従う』だレオン。そして、隣の虎族のタイガージェットを紹介する。こう見えてヤツはメインランドの管理タワーで副室長兼監視長をやっていたレオン。末端ではあるが、神々の塔の『母なる神《マザーママ》』の制御システムにも関わっていたレオン。虎族なので格闘センスも当然あるが、インテリでもある、素晴らしい種族だレオン。自分でシステムの穴をついて脱走して、追っ手をその格闘センスで蹴散らしてきた、強者《つわもの》レオン」

ライオネスにそう紹介してもらったタイガージェットは嬉しそうに笑って、剽軽《ひょうきん》に両手を上げる。

「そして、隣が狼族《おおかみぞく》のウルフ。他の種族とは群れずに生活する、希少性の高い種族だ。メインランドではわかものの護衛や諜報員《ちょうほういん》等をやっていたレオン。主人のわかものが面白半分であにまるコロシアムに参加させ、吾輩《わがはい》に敗れたことで、配下となり、吾輩の脱走も手助けしてくれたレオン。狼族《おおかみぞく》は自分を負かした者に服従する習性があるからレオン」

そう紹介されたウルフ本人だが、周りを一瞥《いちべつ》するだけで、特に顔色を変えることはない。ブラックのスーツを身にまとい、クールに立っているだけだが、なんとも誇り高き種族といった出《い》で立《た》ちで、目を奪われるほどだ。

「そして最後に、ハイエナ族のエナジーだレオン。ハイエナ族は狡猾《こうかつ》な種族ですぐに誰かを裏切ったり策略を練って罠《わな》に嵌《は》めたりしようとするレオン。だけど、まあ、そうは言ってもこう見えてもこのエナジーは他の島を誘惑したり罠に嵌めたりしようとして、それを実行してくれたレオン。まあ、狡猾で、すぐに誰かを裏切る、まあ、卑劣な種族、レオン。まあ、そうレオン」

ライオネスは少しはエナジー及びハイエナ族の良い所を話そうと努力したようだが、話している途中で「あ、無理だわ」と悟り、諦《あきら》めて、普通に悪口みたいな感じでエナジーの紹介を終えた。エナジー自身も特に気にした様子もなく、愉快そうにニタアと笑いながら、長い右手を掲げるのだった。

さて、これで、ぶどう島の紹介は終わりである。

次にぶどう島の住民達の横に立っている、別のおじさんが口を開いた。

はじめは、丸眼鏡のおっとりとした物腰の、青い制服を着ている、ふっくらした男性である。

「ああー、いやはやですね。皆さんこんにちは。私は小森健三郎《こもりけんざぶろう》といいましてね、50歳です。ショーバイショーバイ島の島リーダーですね。この制服を見て分かると思いますが、ここにくるまではコンビニ店長をやっていました。ええ、私のこの制服の上半身から下半身にかけて大きな『8』の字が書かれている文字を見てお分かりと思いますが、そう、『エイトトゥエルブ』ですね。『エイトトゥエルブ祐天寺店《ゆうてんじてん》』の店長の小森でございます。コンビニ店長と言ってもフランチャイズでのれんを分けてもらったわけで、一国一城の主《あるじ》となんら変わりません。私次第で店の売れ行きや従業員の運命が決まってしまいますので、気の抜けない、命がけの仕事でございます。それはまた、この『はたらけ！　おじさんの森』での島生活も同じだと心得ております。コンビニ店長としての経験を存分に生かして、発展させていきたいなと、思っているわけでありますはい。えー、私がギフトとして願ったのはですね、レンジなんですよ。あー、いやはや。お客様に温めますかと聞くのが私の使命ですから、もうこれしかないと思って願ったわけではございますが。これがいやはや情けないのですが、電気がないからどうしようもないんですよね！　まったくもってトホホでございます。しょぼんであります。なので、電気があるというメインランドに攻め込むぞ！　というぶどう島さんの提案に乗ってしまったんですよ。あ、勿論《もちろん》、どちらが同盟を有利に進めるかを決める格闘行為自体は完全に不戦敗にさせてもらいました。どなたと戦っても絶対に怪我《けが》をしてしまいそうでしたので。座右の銘は『お疲れの、8を寝かして∞（無限大）、世界最高のコンビニ、エイトトゥエルブ』です」

小森健三郎の次は、妙にガッチリした色黒のおじさんが自己紹介を始める。

「ショーバイショーバイ島のNo.《ナンバーツー》2。私は小森博文《こもりひろふみ》52歳、ホームセンター『グッドナイト』の店長やっとります。『グッドナイト』知らない？　そら、『ナブコ』や『ゴーナン』、『ゴメリ』とかに比べたら知名度低いかもしれんっちゃけど、渋い品揃《しなぞろ》え沢山の良い店だから、絶対に来てほしかと！　『グッドナイト』ならなんでも揃う！　え？　何を願ったかって？　聞いてほしか‼　ノコギリですとよ。最初はこれで木材を切ったりとかなり役に立ったっちゃけど、ちゃけど、ちゃけど。工具セットとか頼んでラッキーだった人がおるって話しやん。そうなんよね。工具セットにしとけばよかったーってなったっちゃけど！　まあ、アップデートの際にはこれがチェーンソーになったからまあ、良かったかなとは思いますばい。座右の銘は『地獄の沙汰《さた》も金次第』くさ！　やっぱり金は大事とよ。この世界の金があったらそれを稼いでみたいなって思っとうっちゃけど。いや、スタンプもあるけど、あれはやはりボーナスって感じだから、しっかり商売してみたかったとよ。それでうちのリーダーと同じく、ぶどう島さんからまんまと口車に乗せられたってわけたい。今は自分の島で留守番している他の住民のおじさん二人も飲食チェーン店長と整体の開業さんで、似たような理由でぶどう島のメインランド侵攻には賛成やったっちゃけど、それが今回平和主義のおじさん島に負けたとなったら、方針転換しないといかんばいね。ま、商売やってたら色んな理由で舵取《かじと》りの変更もあるけん、慣れっこ慣れっこ。なんなら『はたらけ！　おじさんの森』内で使える通貨でも作ってみようかしら」

ショーバイショーバイ島からは自己紹介をした二人のおじさんと、その他に二匹のあにまるが来ているようだ。猿族と狐族の、少し青年ぐらいだろうか。彼らは商才に長《た》けていると言われていて、わかもの達からも重宝されている種族だ。今は来ていないが、他には鴉族《からすぞく》と梟族《ふくろうぞく》がショーバイショーバイ島にはいるという。どこかから色々と調達してきたものを物々交換して潤《うるお》っている島として順位を上げてきている。ショーバイショーバイ島のおじさん達はその島の名の通り、商売に特化しているのである。隠居はわかもの時代にも珍しく商売をやっていた皇子財閥乃輔《おうじざいばつのすけ》である。

ショーバイショーバイ島の次は、また正反対の格好と性格のおじさん達が自己紹介を始めた。漫画に出てくる暴走族の不良などが着ているような特攻服を身に着けているリーゼントでグラサンのおじさんと、その後ろに同じく特攻服で剃《そ》り込みをいれた大男が立っていた。リーゼントでグラサンのおじさんの肩には小さなウサギがちょこんと乗っかっていた。

「俺達天上天下唯我独尊島《てんじょうてんがゆいがどくそんとう》だぜ！　夜露死苦‼　デストロイディメンションフォレストズっていう族の総長やってました、森之丞佑季《もりのじょうゆき》、38歳だぜ。ったく俺達をこんな所に追い込みやがった隠居野郎もむかつくが、まあ俺達の島のあにまる達は滅茶苦茶良いあにまる達で、俺達が守ってやらないとどうしようもねえからな。逆に俺達が来ていなかったらって思うとぞっとするぜ。そういうのもあってぶどう島のわかもの許すまじ！　っていう考えに賛同して同盟を結んだわけだ！　ライオネスの旦那とタイマン張ったけど、まあ強い強い。負けちまった。これも袖振り合うも他生の縁ってことだな。他生ってのは多少じゃねえっていうけど、まさにここが別の世界ってなったらまさに本当のガチでそういう他生って意味になるんだわな？　だから、これも何かの縁ってことで、俺達の島のあにまるは俺達のファミリーだかんな。命がけで守ってみせんべ。肩に乗っているのはウサギ族のピョンキチパイセンなんで、一つよろしく。他にも猫族アメリカンショートヘア科のアメショ老師にヒヨコ族のヨーコ姐《ねえ》さん、モルモット族のモルヒコ先生がいるんで、全員小さいけど俺達より年配で社会の辛酸《しんさん》舐《な》めまくっている大先輩達なんで、見た目で舐めないように夜露死苦！！！　え？　最初の質問で何を願ったか？　そりゃあ単車に決まってんだろうがよ！　俺はバイクショップもやってんし‼　まさかのぶどう島の巧っちと被《かぶ》るなんて爆笑だけど。色々整備出来たら二人でツーリング決めこもうぜって約束してます！　うちの島の頼れるあにまるパイセン達の中にはわかもの用の車両整備工場で働いていた方もいるんで、そういうの滅茶苦茶頼りになるんだぜ！　座右の銘はまさに島の名前にもしてっけど『天上天下唯我独尊』！　島全体でバリバリ気合入ってるんで、そこんとこ夜露死苦!!　舐めネコ！！！」

次に佑季の横で手を後ろに組んでいる、同じく特攻服を着た小太りのおじさんが口を開く。

「さて、総長の次は副総長のオイラっスね。オイラ、デストロイディメンションフォレストズの副総長、森之丞烈《もりのじょうれつ》っす。53歳っス。そう、ご想像通り、このデストロイディメンションフォレストズってチームは、森之丞っていう苗字《みょうじ》の奴らだけで結成されているチームなんス！　とは言ってもなかなかない苗字だから、10人なんスけどね。あはは！　今日ここにはいないメンバーも、同じチームの同じ苗字っス!!　オイラ、普段はレンタルビデオ屋の店員やってんスけど、ギフトはふざけてビデオカメラにしちゃったんスけど、これが結構スタンプボーナスに貢献するようにアップデートされていて、なかなか面白いことになってきているんスよね！　全然、よその島への貸し出しとかもやってるんでご用命の際は自分に言ってください！　座右の銘は『百聞は一見に如《し》かず』スかね、ビデオショップ店員なんで!!　あはははははははは！！！　最高に受けるっス!!」

最後に押忍《オス》と頭を下げて、天上天下唯我独尊島の紹介は終わった。

さて、不良おじさんの次は警官である。警官の制服を着た男性が直立不動のままよく通る声で自己紹介を始める。

「ホンカンは森《もり》田《た》雁馬《がんま》と申します！　年齢は43歳で、ＧＡＮＭＡ《ガンマ》島の島リーダーでして、見ての通り警官をやっております。警官になるのは昔からの夢でして、憧れだった警官になり、島の治安とあにまるの子供達の安全を守っておりました。ぶどう島の翔殿とライオネス殿がやってこられ、更に強固な同盟となると思い、同盟島とならせていただきました。持ってきたものは守秘義務がございますので、秘匿《ひとく》とさせていただきます。座右の銘は『邪道も貫けば正道となる』であります！！！」

警官の雁馬の紹介が終わると、消防士の制服を着た長い髪の男性が口を開く。

「よっすよっす。みんなお元気？　おいらっち様ちゃんはＧＡＮＭＡ島の森《もり》田《た》恵《けい》。女っぽい顔と女っぽい名前なんでよく勘違いされるけど、れっきとした男性だし、なんなら47歳のおじさんだよだよ。職業は見ての通り、消防官やってます。この世界に来た瞬間は防護服姿だったんだけど、流石《さすが》にあまりに暑すぎて脱いじゃったんだい。おいらっち様ちゃんも雁馬っちと一緒で何を持ってきたかは内緒にさせてもらうよ。消火器？　いやいや、それは流石にベタすぎるでしょう。あ、だけど島内でもし火事などございましたらいつでも呼んでね！　おいらっち様ちゃんが駆けつけるから、さ。座右の銘は『心に灯《とも》った火は、鎮火させるな』かな。じゃああでゅー」

警官と消防官という、世間一般の認識では堅い職業なのだが、二人ともかなり個性的で、特に恵に関しては随分チャラい雰囲気であった。この島はあにまるは連れてきていないようで、これでぶどう島の傘下《さんか》である島の粗方《あらかた》の自己紹介が、簡潔であるが済んだことになる。

「いや、全然簡潔じゃねえええッッッッッ！！！！！！！！！！！！！！！！！　長すぎる！！！！！！！！！！！！」

もう我慢が出来なかった。いや、これでもかなり我慢した方と言えるだろう。おじさん島の金髪ツッコミおじさんこと、森秋良《もりあきら》が叫び声をあげる。

「本当、冒頭からずっとおじさんの自己紹介続くじゃん!!　ぶどう島は分かるよ!?　これから俺達おじさん島と同盟を結ぶわけだからね！　それにぶどう島の元々の同盟島、傘下みたいな島が参列するのも別に咎《とが》めはしねえよ。にしても、そのおじさん達もしっかりがっちりと自己紹介してんじゃねえよ！　ちょっとは空気読んで名前と年齢ぐらいにしないかな？　それもそれぞれの島のおじさんが濃い濃い!!　情報が濃すぎてヤバイ。いっぺんに摂取していいおじさん成分じゃねえよこれ!!　あと、全員座右の銘言うヤツ何!?　おじさんあるあるだけど!!　なんかおじさんって座右の銘言いたがる節あるけれども！！」

秋良が雄《お》たけびをあげてツッコミにツッコむのをとても楽しそうにニコニコ笑って眺め

ながら、ぶどう島の石ノ森翔が肩に手をのせる。

「まあまあ秋良君落ち着くんだ。落ち着いて君や進君、おじさん島の面々も自己紹介をするんだ」

「あ、これは失礼。俺はおじさん島の森秋良38歳。雑貨屋の従業員やってました。一応服飾の専門行ってたから、そのへんの仕事したり、山太郎の棟梁《とうりょう》の建築の仕事手伝ったりして島生活送ってます。座右の銘は『A rolling stone gathers no moss』です。転がる石に苔《こけ》はつかないって意味で、まあ色々と軽々しく行動を変えると成功はしないっていうイギリス的な意味と、転がる石のように世の中に順応していくことが大事っていう、アメリカ的な意味があるんだけど、断然俺はアメリカ式だな！　ローリングストーンズが好きだからな！　って言わすんじゃねえよ!!」

綺麗《きれい》にノリツッコミが決まり、秋良は絶好調である。やはり、体格も年齢もほぼ一回り違う翔にかかれば、秋良も子供のようにあしらわれてしまうのだろう。

周りのおじさん達も「英語、座右の銘、英語……」「しかもわざわざ意味の違いの説明まで入れたね……」などと若干《じゃっかん》引き気味で騒然となっている。

「うるせえよ！　なんで俺が一番異端みたいな雰囲気で引かれてんだよ。十分あんた達も濃かったじゃねえかよ」

そんな秋良にツッコミを入れるのはおじさんだけではない。あにまるの王であるパンダも彼を注意する。

「おいアキラ。よその島に来てはしゃぎたい気持ちは分かるが、少し落ち着くパンダ。恥ずかしい。引率の身にもなるパンダ」

「誰が引率だって！！？？　おいパンダ小僧。誰が誰の引率だって言ってんだよこの野郎」

「いけませんぞ。秋良殿があまりにもツッコミ代《しろ》が多すぎる事態に、オーバーヒートしているでござる」

心配そうに秋良を見つめているのは、バンダナ眼鏡のオタク風のおじさん、木林《きばやし》である。

「ありがとう木林さん。だけど、ここは正念場だ。ここで俺がツッコミを断念してしまうと、始まらねえからな。なんてったって、今日は……」

「さあそれでは諸君、始めようかね‼　今日は島レース一位『おじさん島』と二位の『ぶどう島』の、同盟締結式だ！！！」

秋良が言おうとするよりも先に、更に大きな声で、翔が今回の同盟締結式の始まりを告げるのであった。

46　ぶどう島と同盟を結ぼう&おじさん超会議!!!!!!

「ええと。つまりこれだけのおじさんが集まっているっていうのは、それだけライオネスの大将の島に傘下《さんか》がいるってことだろう？」

秋良の質問に対してライオネスは大きく頷《うなず》き、翔が答える。

「ああ、その通りだ秋良君！　全てが俺達の同盟島さ！」

「同盟門《マヴダチゲート》が開いているっていうのもあるけど、彼らはよくうちの島に遊びに来てくれるんだ」

「ええ、と。あなたは、雄介さん？」

「ああ。そうだよ。秋良君。ところで君は型紙を作ることが出来るのかい？」

「え？　パタンナー？　ああ、そりゃあ服飾専門学校通ってたし、一応そっち専攻してたから……」

「おお、それは素晴らしい。この同盟を機に、是非僕と一緒にブランドを立ち上げないかい？」

「あ、はあ」

「ブランド名はそうだなお互いの頭文字《かしらもじ》をとって『U&A』なんてどうだい？　あ、勿論《もちろん》『A&U』でも構わないさ」

「はあ」

突然の申し出に困惑している秋良に、巧が忠告を入れる。

「秋良君。雄兄の口車に乗らない方がいいぜ。この人、腕は確かなデザイナーだけど、完全なる天才肌で、経営に関しては一切使い物にならないから」

従弟《いとこ》からそう言われてもムッとした表情すら見せずに、雄介は赤いメッシュをかき上げてにこやかに反論する。

「まあ、たっくんの言うことは間違っていないけどね。だけどそれはお互い様だよ。たっくんだって根は真面目だけど、鬼不器用だから。頑張って島生活のルーティーンや掃除、小屋造りをしようとしても、逆に島を散らかしたり、縦材が斜めに、横材が縦に、はたまた筋交《すじか》いが梁《はり》に、みたいなトリックアートのような小屋を作ってしまうんだからね。まあ、そこが芸術性があると言えるのかもしれないけどね」

「うるさい！　鍛錬以外のスタンプ集めを何もしようとしない兄貴達には絶対言われたくないよ」

「だって、あれこれルールを縛って生活したりしてスタンプ集めるのって、すごく面倒くさいじゃない。それなら僕は岩を砕くノルマだけでスタンプを稼いでいたいんだよ」

どうやら、ぶどう島でも巧は真面目に島生活を送ろうとしていたようである。そんな巧を宥《なだ》めるように甥《おい》の良太郎が笑顔で語りかける。

「まあ、実際『あに森』をプレイしたことあるのって、僕か巧兄ちゃんぐらいだもんね。巧兄ちゃんが『あに森』のカツアゲにあっている男子中学生をチンピラから救って、僕達四人分のソフトをオジキンからもらってきたっていう経緯があるから、巧兄ちゃんは責任を感じているんだよね」

「なんだよ良太郎。確かに全ての原因は俺にあるよ。だけどお前だってよくゲームをやっていたんだからさ、皆にルールなんかを説明してくれてもいいじゃないか」

「出来るけどねー。やりたくないんだよ。だってここはゲームの中だよ？　ゲームの中でまで、なんで働かないといけないのさー」

ゲームはゲームで楽しみたい。現実をゲームのようにしたくない、という主張で『はたらけ！　おじさんの森』という企画自体を全否定する良太郎である。

「まあ、巧の言っていることは完全に間違っていないけどな！　だけど、俺達には同盟島がある！　皆、差し入れの料理や果物や山菜なんかをいつも持ってきてくれるじゃないか！　持つべきものは同盟島だ！　その代わり俺達は同盟島に危険があった時に最大の武力を持って立ち向かうのだ!!」

堂々と主張するぶどう島の人間側リーダー的存在である翔に思わず秋良がツッコミを入

れる。

「いや、もうそれって昔の任侠《にんきょう》のやり方っていうか……。俺だってあんまり原作ゲーム知らないけど、一応それに則《のっと》ったプレイしてるよ。ていうか、他の島の人達もそれって普通に良いヤツらなだけじゃないの？　この島の惨状を見かねて恵んでくれてんだよ。まったく。てっぺん獲ったんならしゃんとしろよ。しゃんと」

「おお、秋良君。君はやはり真面目だな。ちょっとぶどう島に何日か滞在してくれないか？　こいつらといると、俺がおかしいのかって思っちまうんだよ」

救いの神を見るように秋良に縋《すが》りつく巧。なんというか、基本的に全員が親類関係の島の弊害が垣間見えた。背が高く、見た目もしっかりとしているのに、生活力が壊滅的、というのがぶどう島なのだろう。これが違う感性の持ち主が少しでも混ざっていたのなら違ったのだろうか。

確かにおじさん島は良いおじさん、フラワー島はロックでピースなおじさん、という大枠としてのテーマはあるのだが、その編成が偏《かたよ》るとどういうことになるのかを象徴しているようだ。ぶどう島のテーマは「格闘家族」なのだろう。ただし、ぶっとんだ戦闘力とそれで同盟島を増やしていったというだけで二位になるのだから、これはもうゲームシステムをどう捉えるかの問題でもある。

秋良も一度ぶどう島のオジキンと喋《しゃべ》ってみたが、とにかく明るい格闘オタクといった感じで「僕はとにかく強いおじさんとあにまるを集めたかっただけキン!!」と言ってスクワットを繰り返すだけの脳筋おじさんだったので、反わかもの思想などの島自体の方向性に関してはコントロール出来るわけではないのだと悟った。にしても、周りからすると本当に迷惑な話ではあるのだが。

「さあ男ども、雑談はここまでだよ。早速始めようじゃないか!!」

今回のおじさん島とぶどう島の同盟の場を実際に仕切るのは島の管理人の仕事である。翔長い金髪をキラキラとなびかせ、おじさん島の管理人のカズネがその場を取り仕切る。ぶどう島のパン屋の経営はほぼ彼女が一人でやっているので、ぶどう島も彼女が携われば良いのだろうが、そこは管理人としておじさん達のやり方に踏み込めない鉄の掟《おきて》があるのだ。そして彼女も石ノ森一族であり、格闘技をかじっていてスタイルがよく、そして何故《なぜ》か水着姿だった。

パン屋の経営の傍《かたわ》ら、スポーツインストラクターをやっているらしく、それでその姿なのか、とも思ったが管理人に関してはおじさん達と違って別に自分の仕事とは関係ない服装で来ることが認められていたのだから、これはカズネ自身のチョイスなのだろう。健康的な肌の露出に、目のやり場に困るおじさん達が複数いたのは仕方がないことである。

しゃきしゃきと仕切ってくれるカズネの横で、おじさん島のカンナはニコニコ笑って立っているだけだ。カズネのお陰で凄《すご》く楽が出来て最高だと、内心思っている。

「さて、それでは登場してもらおう！　私達の島と島を繋《つな》ぐ同盟の使者。NPO（ノンプレイヤーおじさん）の、堂前帝傑《どうまえてぃけつ》だ‼」

なんだか格闘技か何かのアナウンスのように同盟おじさんこと堂前帝傑を呼び出すカズネ。コールしてから10秒後には、既に設置されているピンク色の扉、同盟門《マヴダチゲート》がぎぃいい、と開いて、そこから少々髪の毛が寂しい、くたびれた茶色のダブルのスーツを着たおじさんが、ひょこっと顔を出した。

「………あの、あのね。それじゃあはい、私が来たということでね。ここでね、同盟を締結したいと思いますね。はい」

申し訳なさそうな顔でもじょもじょと呟《つぶや》き、頭をペコペコと下げながら砂浜の同盟が行われる定位置へと移動する同盟おじさんの堂前帝傑。その様子を見ながら秋良が首を傾《かし》げる。

「いや、以前は慣れてないからあんなもじょもじょした態度だって、おじきちなんかは言ってたけどさ。あれから結構経《た》ったけど、やっぱりブツブツ言って堂々としねえNPOだなあ」

相変わらずの同盟おじさんのテンションに、秋良がうんざりしたように呟く。どちらかというと同盟締結の回数が多いのはライオネスの方であった。実際には彼には隠居は見えていないが、慣れた態度で同盟門《マヴダチゲート》の前に直立する。そして、その開いた方に進を促す。

「……あ、もうお二人とも慣れている島リーダーの方なのね。じゃあ、前置きは必要ないということで、え、本日はお日柄もよく、絶好の同盟日和《びより》ということで、やりましょうかね、あ、はい。えと、ね」

勿論《もちろん》、堂前自身も小さな声でもじょもじょとしているので、聞き取りにくいのはある。だが、流石《さすが》に現在は周りのおじさん達が妙にガヤガヤしている所為《せい》でもあった。色んな島のおじさん達が興奮して、隣のおじさんとお喋《しゃべ》りをしてしまって、どうも場の雰囲気が散漫としてしまっているのだった。

――ったく。良い大人が私語しやがって……。

これでは折角《せっかく》の儀式が締まらない。秋良が注意しようと後ろを振り向いたところ、先にリーゼントでグラサンの男、そう、天上天下唯我独尊島の森之丞佑季が大声を張り上げて他のおじさん達を注意をした。

「おい!!　お前達!!　いつまでお喋りしてんだよ!!　折角同盟のために堂前さんが来てくれてんだろうが!!　真面目にするところは真面目にしろ！！！　同盟の未来を祝わなくてどうすんだよ！！！」

「いや、あんたがツッコむのね。いや、いいんだけどね。真面目なんだね。なんか、普通に良い奴だなあんた」

　完全に正しく注意をしてくれた佑季にツッコんでしまった秋良だが、それに対しても佑季は嫌な顔一つ見せずに清々《すがすが》しくニカッと歯を覗《のぞ》かせる。

「おう！　あんたも注意しようとしてくれてたんだろう？　金髪のチャラい男だと思っていたが、良い性根してんじゃねえかよ」

「いや、だから金髪は余計なんだけど。あ、それに、あの。いや別に俺はそういう、不良だとかというのとは違くて、ですね……」

　やばい、これは完全に元ヤン同士がお互いを認め合うあの独特な雰囲気になってしまっているではないか。ちょっとぶどう島の巧からも似たような雰囲気を感じて、嫌な予感はしていたのだ。秋良は何度も言っているが、ただ高校生の時にちょっとした社会への反抗のために金髪にしただけで、実は自分ではまったく不良だとも思ったことはないのだ。喧《けん》嘩《か》もしたことないし、盗んだバイクで走りださなければ夜の校舎窓ガラス壊してまわったりもしない、「ただ金髪であまり学校に来なかった人」なのだ。なので、「不良」的なレッテルでシンパシーを求められても困るのだが、佑季の方は確実に元ヤン同士の雰囲気を醸《かも》し出してくるから、そこがなかなか否定しづらかった。

　そして、佑季のお陰で随分と静かになった同盟締結の場では、スムーズに同盟が結ばれようとしていた。

「さあ、それでは島リーダーのお二人に握手をしてもらって、同盟といきましょうかね。

「はい」

光の粒子に包まれるライオネスと進。ここで、第一位の島、おじさん島と第二位のぶどう島との同盟が無事に締結されたのであった。

◇　◇

「さて！　第一回おじさん超会議です!!」

同盟が結ばれた後、今度は進が音頭をとってのおじさん会議が始まった。

「皆さんこんにちは。私はおじさん島の島リーダー、森進《もりすすむ》といいます。42歳で仕事は印刷機器メーカーの総務をやっていました。折角《せっかく》これだけの島のおじさん達が集まっていますので、会議を開きたいなと思いまして!!」

実際、ぶどう島とおじさん島の間には同盟が締結されたが、ぶどう島の傘下《さんか》である他の島、つまりはショーバイショーバイ島と天上天下唯我独尊島、GANMA島とおじさん島はまだ普通によその島である。ぶどう島に来れば、同じ同盟島を持つ親戚的な感覚で彼らに会うことは可能だろうが、直通の扉を開通する、即《すなわ》ち同盟に至るまでは、まだお互いのことをよく知らない。

そもそもぶどう島の傘下の3島はおじさん島の実力に対しては懐疑的な部分があった。

何故《なぜ》ならぶどう島の面々、特にライオネスの格闘センスにフィジカルを身に持って知っているだけに、彼らが負けたとは俄《にわ》かには信じがたいのだ。それも負かした相手が現在皆の目の前でにこやかに笑っている、総務だったというスーツを着たおじさん、森進なのだから、それは流石《さすが》に信じられないだろう。

——一体どうやってライオネスを倒したのだろうか。

それが彼らの一番の関心事項である。森進なる人物は身長もそこそこ、体格に関してはどちらかというと細身で、ライオネスと比べても一回り以上は小柄である。

「私達が参加していますこの『はたらけ！　おじさんの森』プロジェクトももう半年が経《た》とうとしております。なので、情報共有などで交流を図りたいなと、今回は思っております」

だが、同盟を締結した後、すぐさま会合を開くこの手際の良さには、クレバーさを感じていた。このまま三々五々となるわけでなくぶどう島の傘下《さんか》の島とも接触を試みているのだ。ここでぶどう島の傘下全てを掌握《しょうあく》したならば、今後も彼らの一位の座は揺るがないだろう。

特にそのことを評価しているのはショーバイショーバイ島の小森健三郎と小森博文である。

「なるほど。まあ一位の島を取り仕切る方なだけはありますね」

「そうですたい。うちの系列店の支部長もああやって人心を掌握していたものです。何か企《たくら》みがあるに決まっとります」

　そして、実力主義で男らしさを売りにする天上天下唯我独尊島は、進の立ち居振る舞いには少し否定的である。

「ふん。俺はこういう政治的なやり口はあまり好きではないな！　ライオネスの旦那を倒すのにどんな手を使ったかは知らないが、やっぱり男の喧嘩《けんか》は正々堂々と、タイマンじゃなきゃな！！！」

「そうっスね！　兄貴がそう言うんでしたら、俺も好きじゃないっス！　だって兄貴はあのライオネスの兄貴に真っ向から挑んで完膚《かんぷ》なきまでに叩《たた》きのめされたっスからね!!」

「余計なこと言うんじゃねえよ！　でもいいんだよ、あれはあれで最高の気分だったんだから……」

「兄貴……格好いいっス！　一生ついていくっス！」

　そうはいっても、完全に進も正攻法の、真正面からの対決でライオネスを降《くだ》したのだが、まさか他の島のおじさん達はそんなことは思いもよらないようである。

　二つの島より少し後ろで様子を窺《うかが》っているＧＡＮＭＡ島。長髪の森田恵は興味深そうに笑っている。

「なんだか皆色々と言っちゃってくれちゃってるねえ。おれっち様ちゃんはあのススムっちは、どこからどう見ても誠実そうで、悪い人じゃないって思うけどさ。で、雁馬っちはどう思う？」

恵に問われて、森田雁馬は直立不動で答える。

「ハッ‼　ホンカンも恵さんが言いますように、おじさん島の進さんは誠実だと思います！　そう、ここで何か方針を決めるのだと思うのであります！　これからのわかもの達への対策など。このおじさん島さんはわかもの達への反抗には反対だと聞いておりますが、その実、実際にわかものと対峙《たいじ》したことがある唯一の島という噂《うわさ》もあるであります。その際に得たポイントで一位になったとも！　それならば、その防犯や対策を学ぶに相応《ふさわ》しい場だと、ホンカンは理解しております」

「あっはっは。かたい、かたいよ雁馬っち。こういうのはフィーリングが大事なんだよ」

「フィーリング、でありますか？」

「そうそう、要はこれからのあのススムっちのプレゼンが、どれだけおいらっち様ちゃんの――心に火を灯《とも》すか。ただ、それだけだね♪」

対わかものを宣言するぶどう島との同盟を決めた理由はそれぞれの島にそれぞれの理由がある。ショーバイショーバイ島はメインランドで手に入れる利益が一番。天上天下唯我独尊島もメインランドで燃料などを入手したいというものと、「タイマンを挑まれたら断る理由がない」という漢《おとこ》としての面子《メンツ》。ＧＡＮＭＡ島は島リーダーが警官で住民には消防官の恵や、更には教師が住んでいる。表向きは「公務員島」なのである。職業柄防犯や防災の感覚が一般よりも強いので、たとえ隠居達が島に結界を張ってくれているとはいえ、強い勢力に所属することは悪いことではない、との見解である。それに、GANMA島のあにまる達は他の島に比べてもかなり年齢が低い子供達が集まっているということもある。おじさん島は小学校低学年から中学年。フラワー島は中学生ほど。ショーバイショーバイ島は高校生ほどで、ぶどう島はあにまるの中でもおじさん、天上天下唯我独尊島がかなりの高齢で、じいさんばあさんのあにまる達を抱えている島であった。それらに比べてGANMA島は小学校入学前の、保育園に通うぐらいの年齢のあにまる達なのだ。今日連れてきていないのも、昼寝の時間等があるためであり、それを教師の榮一《えいいち》と、もう一人の島民の岳人《がくと》が面倒を見てくれているのである。そんな小さなあにまるがいる島にわかものが攻めてきたら、たとえ警官や消防士等、体力があったとしても守りきれる自信はない。攻めるまではなくとも、自衛の手段は絶対に必要であった。それが、ぶどう島との同盟という結論へと繋《つな》がった理由である。

今から、おじさん島の進は一体何を皆に向かって投げかけるのだろうか。島の安全を守るための新しいシステムか。ぶどう島より上の地位に立ったことへの、島同士の階級を明白にするような制約か、宣言か。

異様な雰囲気が蔓延《まんえん》して、一位のおじさん島を、そしてその島のリーダー進を品定めするような視線が突き刺さる。だが、秋良達住民はどこ吹く風の余裕の表情で笑っている。

「ふっふっふ。なんだか皆色々と腹の内を探ろうって顔しているけどさ。うちのリーダーを舐《な》めるんじゃねえぜ」

「まあ、進君が会議をやるっていうのは、要は総務の仕事じゃからな。勿論《もちろん》、株主総会を仕切ることもあるけど、レクレーションや冠婚葬祭等のイベントも統《す》べる。進君はそっちが大好きな総務じゃからの」

「ひっひっひ。楽しみでござる」

多くのおじさん達が緊張の面持《おもも》ちで見つめる中、進が木の上にあるくす玉の紐《ひも》を引くと、そこには大きく文字が書かれた垂れ幕が下がってきた。進はその文字を大声で読み上げる。

「『第一回おじさん超会議!!　最高のおつまみはなんだ!?!?!?　選手権!!』です!!!!!」

「…………」

「…………」

「…………」

「…………」

「…………」

「…………」

「…………」

「…………」

周りのおじさん達が静まり返る。進はその反応を満足気に見つめながらうんうんと頷《うなず》いて嬉々《きき》として話し続ける。

「これだけの数のおじさんが集まるのですから、何を話すべきか、色々と考えました。勿論身体を使ったレクレーションもいいな！　と思ったのですが。バレーやサッカーや、ビーチバレーやビーチフラッグや鬼ごっこやかけっこなんかですね。ですが、皆さんはそれぞれがそれぞれの島であにまるさん達の生活を担っていますので、怪我《けが》や筋肉痛を起こしてしまうと支障があるかと思いまして。なのでここはやはり『最高のおつまみ選手権』かな、と」

「…………」

「…………」

「…………」

「…………」

「…………」

「…………」

「…………」

「…………」

聴衆の中から「どこがやはり、なんだよ……」と、呻《うめ》くようなツッコミが聞こえてきたが、進は満面の笑みで話を続ける。

「『身体のどこが痛むか選手権』なども考えたのですが、流石《さすが》にそれは自虐が過ぎますしね。あっはっはっは!!」

「…………」

「…………」

「…………」

「…………」

「…………」

「…………」

「…………」

「…………」

言うまでもなく、おじさん達はぽかんとした表情を浮かべていた。

一体、この男は何を言っているのだろうか？

そう、おじさん島にそんな大層な思惑などはないのだ。とにかく普通に島生活を楽しみ、あにまる達を豊かにすること、それだけを願っているのだった。

それでも信じられないというのなら、スイッチを入れてやればいいだけだ。

「ちなみに、私はスモークチーズに生ハム、カナッペです」

「俺はたこ焼き、お好み焼き、ポテトチップスだぜ！」

「ワシはエイヒレ、枝豆、たこわさ、キムチ奴《やっこ》じゃな」

「拙者《せっしゃ》はバーニャカウダ、マッシュルームのアヒージョ、アクアパッツァでござる」

進は自身のカードをすぐに開放する。それを心得ているおじさん島住民の面々も、秋良、山太郎、木林の順番で自分の推しおつまみを挙げていくと、徐々に聴衆の声が漏《も》れ始める。

「……なるほど。島リーダーのススムっちはなかなか上品なつまみを出してきたわけだね。ビールやワインを好むのかな？　それならおいらっち様ちゃんとも気が合うかもね」

「確かに、であります」

「俺はあの白髪の大男に賛成するぜ。男の酒のアテといったら、やっぱり大きな料理ではなく、小さなものだよな。枝豆、エイヒレ。渋いぜ」

「キムチ奴というのがまた憎らしいっスね」

「いや、だが冷奴は冷奴として食すのが一番ではありませんか？」

「うーむ、確かに、それにキムチはキムチ単独でかなりの戦力になるからな」

「おいらっち様ちゃんはキムチと冷奴に納豆をのせて海苔《のり》とゴマ油をかけたりするけどね！」

「うわ！　それは邪道だから。邪道だ。そんなの美味《うま》いに決まっているんだから。それに卵黄でも落としてみろ。もうそれは酒のアテじゃなく、最高のご飯のお供だからな」

「確かにそれはそうですたい。ですが、あの金髪の男の最アテ（最高のアテ）はなんでしょうか？　お子様じゃなかですか」

「炭水化物だらけのアテだな。まあ、あれはこの『はたらけ！　おじさんの森』の中でもかなり年下のおじさんだろうから、仕方ないかもしれませんね」

そういって、彼らはマシンガンのようにおじさん島（のおつまみ）に関して値踏みを始めたではないか。

――かかった。完全に進さんの蒔《ま》いた種にガッチリと食らいついてきやがったな、こいつら。

秋良が内心ニヤリとする。自分がお子様扱いされたのは気に入らないが、とうとう我慢出来なくなったショーバイショーバイ島の島リーダーでコンビニ店長の小森健三郎が手を上げて自身の最アテを宣言する。

「はい！　私は断然ミックスナッツですね。これさえあれば3時間、いえ、5時間は飲み続けることが出来ます。私はよく家に仕事を持ち帰ってしまうのですが、パソコンの前で書類やデータを整理しながらミックスナッツをつついてハイボールを飲むと、とても気持ちよく仕事が出来ます。そんな時間にも根気よく付き合ってくれるミックスナッツこそ、至上のおつまみです」

流石《さすが》に堂々としたプレゼンである。小森健三郎のその意見に感嘆の声と拍手があがる。

「確かに、ミックスナッツはなんであんなに美味《おい》しいんだろうな。食べ始めたら手が止まらないもんな」

「僕も初めて食べた時の衝撃は忘れられません」

「だけど、あれは本当に塩っけが凄《すご》いでしょう？　あんまり摂取しすぎるとすぐに健康診断で引っかかるもんですから、気を付けないとだめですたい」

そういったのはもう一人のショーバイショーバイ島の島民、小森博文である。その哀愁のある言い方に周りはドッと笑い声をあげるのだった。

「いやー、だけど今では、無塩のミックスナッツもあるからねえ。おいらっち様ちゃんも非番の時とかはよく食べているよ。太らないいし」

「いや、そりゃああんたは消防官の人でしょ？　普段から筋トレとか訓練とかしているんだから、無塩じゃなくたってそうそう太らないいんじゃないの？　ええと、森田恵、さん？」

「ああ、ええと、おじさん島の秋良っちだっけ？　おいらっち様ちゃんのことは気軽にけいたんって呼んでくれていいからさ。あ、それにおいらっち様ちゃん、そもそも食べてもあんまり太らない体質なんだよね」

「んだよそりゃ。自慢かよ」

秋良のツッコミを心地よいＢＧＭのように目を細めて受け入れる恵は、かなりの大物のようである。

「ええとオーソドックスなミックスナッツというと、アーモンドと、くるみと、カシューナッツと、マカデミアナッツじゃろう？　皆は何が好きなのかのう？　ワシは断然アーモンドじゃな。あの食感は最高ではないか」

そう語る山太郎に、天上天下唯我独尊島の大柄な方の森之丞烈が口を挟む。

「いえいえ、何を仰《おっしゃ》るっスかご老人？」

「山太郎じゃ」

「ああ失礼、山太郎さん。そんなの、カシューナッツに決まっているじゃないっスか！あんなに軽くて、口の中に入ると溶けていくかのようにサシュッとした噛《か》み応《ごた》え。いいですか？　サクッじゃないんスよ。サシュッとしたあの軽さ。あれがいいんじゃないんスか」

そこに我慢ならずに口を挟むのは議長である進だ。

「いや、でも私はあのマカダミアの存在感も捨てがたいといいますか。あのまん丸すべすべしたフォルムを摘《つま》んで眺めているだけで幸せな気分になってくるじゃないですか」

「いやいやいや、くるみがあってこそのミックスナッツじゃねえの？　ごつごつとした岩石のような、クレーターのようなあの不思議な形。二つと同じものがないかのように様々な形で。あれを手で摘んで手触りを楽しみながらまず一杯酒が飲めるだろう？　そして口に入れて更に一口。次のくるみを探しながらも酒が進むんだぜ。最高にロックじゃねえかよ」

「おおおおおおお…………。そういわれるとくるみが偉大なような気がしてきましたぞ」

「くるみは確かにアクセントとしても良いし、万能じゃものな」

「そうだろうそうだろう」

天上天下唯我独尊島の佑季のアナウンスで多数がくるみ派に転がっていく。

「ううむ。流石《さすが》は兄貴。これじゃあカシューナッツが分が悪い。マカダミアと手を組むべきっスかね」

大盛り上がりのその場だが、流石にそれには秋良がツッコミで水を入れる。

「いやいやいや、ミックスナッツの話広げすぎじゃない？　そこから更にナッツの種類選手権になるの？　それじゃあ一時間以上は軽くかかっちまうぜ　次いこうぜ。ほら、他に誰か、我こそはこの酒の肴《さかな》が!!　ってヤツはいねえのかよ？」

「はいはい！　俺も言わしてくれ!!　頼む！！！」

待ってましたと手を上げたのは天上天下唯我独尊島の島リーダー森之丞佑季である。

「いや、あんたはくるみじゃねえの？」

「それはミックスナッツ論に限った話だ！　俺の本気のアテは別にちゃんとあるんだよ」

リーゼントを秋良の眼前にぶつけながら熱を持って語りかけてくる佑季に、発言を促す。

「分かった、分かったから。で、最強の肴《さかな》はなんなんだよ」

「最強のアテ！　それはウインナーに決まってんだろうがよ！！！」

自信満々に宣言する佑季。それを聞いて秋良はクスッと笑ってしまう。

「はあ、こりゃまた悪くはないが、随分とお子様な、ヤツですなあ」

「いや、うるせえし！！！　たこ焼きお好み焼きポテチの男に言われたくねえよ!!」

「あっはっは!!　そりゃあ確かにあんたの言う通り、その通りだな!!」

いちいち返してくる言葉が正論で、秋良はゲラゲラ笑ってしまう。なんというか、この男とは馬があってしまうようだ。

「俺は森秋良。ええと、あんたは雪之丞森緒《ゆきのじょうもりお》さん？」

「森之丞佑季だよ!!　秋良。いや、ウインナー最強と思わねえ？」

「まあ、あれは確かにご飯のおかずとしても、酒の肴としても、最強だもんな。塩コショウを振ったら最強になるしな」

「は？　ケチャップ一択じゃねえの？」

「塩コショウでしょうが」

「ケチャップに決まってる。秋良、お前とは仲良くやれねえな。絶交だ」

「はや！　仲良くなって絶交はや！！！」

秋良と佑季。38歳で同い年の彼らは、それこそ小学生のようにあっという間に仲良くなっていた。

「さあ、それじゃあ他には誰かいないのかい？　ほら、そこの警官さんとか」

「ホンカンでございますか⁉　ホンカンは、梅水晶《うめすいしょう》があればいくらでもお酒を飲めますであります‼」

「おお！！！　渋い！　渋いねあんた‼　良いよ！　そういうの凄《すご》く良い‼」

「あとは、焼葱《やきねぎ》だけで日本酒を飲んだりも、するであります……」

「……うむ、ワシの中で、君が一位かもしれんのう」

そうやって、あっという間に第一回おじさん超会議はボルテージが上がり、盛り上がっていくのだった。

酒を一切飲めないぶどう島のおじさん達は蚊帳《かや》の外であるが、それでも彼らの討論を楽しく聞いていた。

それに、酒は飲めなくても、おつまみを好きな者はいるもので、翔が楽しそうにこんなエピソードを語ってくれた。

「まあ、俺は酒はまったく飲めないが、酒飲みをターゲットにパンを焼いたこともあるぞ。夕方に買いに来るサラリーマン用にピロシキやピザパンなんかを多めに焼いたらかなり売れたな！」

「ああ……ピロシキにピザパン」

「絶対美味《うま》いじゃん……」

「最高だね」

そんな中、驚くことにぶどう島の島リーダー、ライオネスが手を上げて会議に参加し始めた。

「ふん、最高にビールにあう食べ物は、カラアゲに決まっているレオン」

「か、からあげ？　ライオネスの兄貴、からあげを知っているっスか？」

森之丞烈の問いに、ライオネスは大きく頷《うなず》く。

「最高に熱く、カラッと揚がった最強に美味い食べ物レオン。そして、熱々のカラアゲを食べた後に、キンキンに冷えたビールを喉《のど》に流し込んだ時の爽快感ときたら……もう、雄《お》たけびをあげてしまうほどだレオン」

「ええ⁉　なにこのライオンさん⁉　中身おじさんっスよね。ライオンの着ぐるみ着たおじさんなんスか？」

他のおじさん達も、突然のライオネスのカラアゲ、ビール発言に戸惑いを隠せない。何故《なぜ》あにまるが現代の食べ物、カラアゲを、そしてビールのことまで知っているのだ。あにまるワールドにはビールやアルコールはないはずである。スタンプの交換報酬にそれがないことが証拠である。

そして、そのライオネスのプレゼンが、本当に美味《おい》しそうに語るものだから、皆ももうたまらなくなってしまい、リーゼントの佑季が叫び声をあげる。

「ああ！　やべえ‼　こんな会話していたら、酒が飲みたくなってきたぜ。カラアゲ、滅茶苦茶食べたい！！！！　いや、これも全ておじさん島の所為《せい》だな！　やいやい、一体なんのつもりで俺達にこんな話をさせた！　馬の鼻づらにニンジンぶら下げるような所業を！！！」

「ああ、佑季、ビール飲みたいの？　あるぜ」

「え？　は？　ある？」

軽く、ビールがあると言い放った秋良の顔を佑季は呆然《ぼうぜん》と見つめる。すぐに秋良は軽い足取りで自分の荷物を取りに行く。それは肩から掛ける銀色のバッグだった。肩にかかるストラップの食い込み具合からみて、中にはかなりの重量物が入っていることが窺《うかが》えた。

「今日のために数十本、川でキンキンに冷やしておいたからな‼　最高にうまいぜ、乾杯といこうぜ。なあ、進さん」

「おや、これはうっかりしていましたね！　いけませんね。おじさん会議にも関わらずビールを飲んでいないなんて、すっかり失念していました」

「え？　え？　ビール？」

まだ、状況を一切理解出来ない佑季。そんなリーゼントおじさんの目を覚ますかのように、秋良は保冷バッグの中から銀色の缶を取り出す。

「ほらよ佑季。受け取れ」

秋良から放り投げられる缶を受け取って、佑季は呆然《ぼうぜん》と、礼を言う。

「ああ、サンキュー……って、ええええええええええ！！！！？？？？　なにこれ、ビールじゃん！！！！！！」

「あ？　だからあるって言ったじゃん」

「び、び、び、ビールが！！！！！　ビールが……ある」

驚いたのは佑季だけではない。他のおじさん達も戦々恐々とビールの存在を認めて、目をひん剥《む》いたり、膝《ひざ》が震えたりしている。

「ビール……ほんもの、の、ビールだ」

「ビールですね」

「嘘《うそ》だろう。ほんなこつ、ビールたい」

「ビールっス。本物の、ビールっス」

平然とビールをみんなに配るおじさん島の面々を見て、驚愕《きょうがく》を覚える。

――な、なんだこの島は。こんな隠し玉を持っていたなんて……。これだけで、全ての島を従わせることだって可能ではないか！！

ライオネスが手慣れた動作で器用に爪を使って蓋《ふた》をプシュッと開けるのを見て、おじさん達はこんなことまで言いだした。

「え？　ビールで懐柔されたの？」

「ライオンが？　ビールで？　桃太郎のきび団子みたいに？」

一体何が起きているのか訳が分からない状況で、数々の憶測が飛び交う事態となってしまった。

「ほらほら！　ライオネスの大将を見習って、早く皆も蓋を開けろよ。乾杯出来ねえじゃねえか」

「あ、ああ……」

「は、はい……」

秋良に急《せ》かされて、残りのおじさん達が、次々にプシュッと蓋を開ける。

「それでは、ここはやっぱり、進さんかな？」

「いえいえ、ここはやはり、このビールを持ってきてくださった秋良さんに」

「俺!?? 嘘《うそ》!?? 俺えええええ!??」

まさかのブーメランに秋良は動揺してしまう。かなりの人数のおじさん、十数名の視線が突き刺さる。こういったものに関して、秋良はまったく耐性がなかった。

「おお……あの金髪の方が、ギフトとしてこの世界に持ってきてくださったんですね」

「あの金髪はまさにビールの原料、小麦の色だったとね!!!」

「その者、黒きTシャツをまといて、金色の髪で現る……。命の水失われた大地にて絆を結び、ついにおじさん達の喉《のど》に金色の炭酸を。ふ、古い伝承の通りっス!!!!」

「び……ビアボーイアキラ様!!」

「ビアボーイアキラ!!!」

「ビアボーイアキラ様!!!!」

気が付くと、自然とおじさん達の口からは「ビアボーイアキラ」というコールが湧き出ていた。そして、段々とぶどう島に大きく鳴り響いていく。

「やめろその言い方! ボーイやめて! 38歳なんよ俺! せめてビアミドルアキラとか、ビアナイスガイアキラとかにして!」

だが、流石《さすが》にこのままウダウダ言っていてはいつまで経《た》っても乾杯が出来ない。ぱんぱんと自身の両頬《りょうほほ》を手で打ち付けると、秋良は音頭をとる。

「まあ、はい！　よし！　やるか!!　仕方ねえ。とりあえず、俺達おじさん島とぶどう島の同盟を祝福してくれ。そして、他の島にも更なる繁栄と平和を。あにまるワールドに、乾杯」

「乾杯！！！！！」
「乾杯！！！！！」
「乾杯！！！！！」
「乾杯！！！！！」
「乾杯！！！！！」

ぶどう島に響き渡る乾杯の号令。そして、ぶつかりあう缶と缶！

グビグビグビ、と、黄金の液体を口に含み、喉を通した後、その、あまりの美味《うま》さ、爽快感におじさん達は絶叫する。

「うおおおおおおおおお！！！！！　ビールだあああああああああ！！！！！！」

「うま！！！！　うま！！！！　うまああああああああああああああああああああああああああああああいいいいいいいいいいい！！！！！」

「ああおああああああああああああああ！！！！！！！！！！！！！！！！！！！！！！！」

「ぎゃあああああああああああああああああああああああああ！！！！！」

どれくらいぶりだろうか。数か月ぶりに飲むビールの味に、おじさん達が絶叫をあげる。

「ああ……最高だわ。最高に美味《うま》い。ビアボーイアキラ……俺は、あんたに一生ついていくぜ」

「やめろ！　たかがビールぐらいで。たまたまおふざけでビールって入力しちまっただけなんだから」

「なんというご謙遜を……ホンカンには分かりますぞ。伝承の勇者様……」

「いや、その訳わかんねえノリもやめろ気持ち悪いな」

秋良を拝《おが》む他の島のおじさん達。その様子を眺めるのは三人のおじさん島のおじさん達。

「なんというか。これ、本当に秋良殿のビールだけで全ての島を従えるという、ビール無双も可能でしたぞ」

「そうじゃのう」

「あっはっはっは！　そんな独裁者みたいなこと、秋良さん自身が一番嫌うっていうのは、皆さんもよくご存じでしょう？」

進の言葉に、山太郎も木林も自信を持って頷《うなず》いた。ビールを選んだのが秋良で良かったのかもしれない。

「さて！　それではライオネスさんが仰《おっしゃ》った最アテ、あにまるワールドの鶏肉みたいな実、マンヌカンと翔さんからもらった小麦粉で出来た代替品からあげも今から私が揚げますので、皆さん是非召し上がってくださいね！」

「おお！！！　KARAAGE王、ススム！！！」

「お前らマジでうるせえぞ！！！！！」

「あはは。それなら私、総務大統領ススムがいいですね」

「ダセえ!!　鬼ほどダセえよ進さん！！！！」

その後も、皆でとにかく、最高のおつまみ、アテに関して大熱論を繰り広げ、第一回おじさん超会議は大盛況の下に、終わりを告げるのであった。

47　PRビデオを撮ろう‼

「『はたらけ！　おじさんの森』とは！　それはそう、私達四人のおじさん。つまりは私、普通のサラリーマン森進（42歳）。そして金髪なのに優しく涙もろい凄《すご》く良い人、森秋良さん（38歳）。体格がよく温厚で、家づくりからサバイバルの知識まで存分に備えた凄く良い人、森山太郎さん（62歳）。そしてオタクさんですが、とても勇敢で誰にも出来ないことを成し遂げる凄く良い人、木林裕之《きばやしひろし》さん（51歳）。この四人の『森』さんはある日、ひょんなことから皇子吉右衛門《おうじきちえもん》さん、通称、おじきちさんと名乗る神のジャージをまとい不思議で不気味なおじさんから『はたらけ！　おじさんの森』というゲームを頂きました。そのゲームをプレイすると、人間の言葉を話す二足歩行の動物、あにまるさん達がいる、あにまるワールドに飛ばされてしまったのです。ここがゲームの中なのか、異世界なのかはまだ定かではありませんが、まだ幼いあにまるの子供達、いつも明るく元気でチャーミングな猫族のネコミさん、わんぱく盛りの豚族のブタサブロウさん、ちょっぴりおませなお姉さん、雀族《すずめぞく》のチュンリーさん、引っ込み思案な天才肌、栗鼠族《りすぞく》のコリスさんを放っておくわけにはいきません！　森で木の実や山菜やキノコなどをとり、火を熾《おこ》し、釣りをしたり、現地の食材を料理したりなど、自給自足のサバイバル生活を開始！　また、特殊なアイテムと交換出来るスタンプ報酬などを駆使して、無人島生活を生き残りましょう！　そう、はたらくおじさん達とあにまるさんのハートフルほんわか無人島サバイバルストーリー。それこそが『はたらけ！　おじさんの森』なのです！　どんな世界に行っても、おじさんはビールさえあれば元気ハツラツ、今日も元気に仕事終わりの乾杯の音頭、です!!　ご清聴ありがとうございました。それでは、乾杯!!」

「………………はい、カット！」

秋良の手元からピッという音が聞こえたのを確認してから、乾杯のポーズのまま固まっていた進が神妙に口を開く。

「どうでした秋良さん、カンナさん。時間は？　見事30秒以内に収まっていましたか？」

「いや、進さん。全然だね。余裕で1分、というか、3分を超えている」

「全然ですです。進さん」

答えを聞いた進はプッと吹き出して笑顔を見せる。

「あー、そうですか。いやはや、難しいですね」

「まあ、そうだな。ていうか、原稿の時点で長くなるのは分かっていたんだけどね……」

「でも、内容はとても素敵だと、思いますます。内容だけなら絶対にスタンプゲットでしたよでしたよ♪」

「そうですか。それじゃあ、もう一回チャレンジしてみましょうかね」

「あ、いや、ていうか、原稿が……」

進、秋良、カンナが話しているところに、木林と山太郎が通りかかる。山太郎の頭にはネコミが、木林の肩にはコリスが乗っていて不思議そうに話しかけてくる。

「おや、進殿に秋良殿、こんな砂浜の真ん中で一体何をしているでござるか？」

「カンナのお嬢もいるではないか。何やら進君が演説みたいなことをやっていたみたいじゃが、演説か？」

「なんだかススムがペチャクチャしゃべっていたネコ！」

「どうしたリス？　けんかリス？」

「あ、これは木林さんに山太郎さんにネコミさんにコリスさん。いえいえ、今のは演説でも喧嘩《けんか》でもなくてですね。ちょっとスタンプ稼ぎをしていたんですよ」

「スタンプ稼ぎ、でござるか？」

今のが一体何のスタンプ稼ぎなのか、意味が分からない山太郎達は顔を見合わせる。

「いや、この前借りてきたこのビデオカメラでスタンプノルマを達成しようと思ってな」

「ああ、あの元ヤンおじさんだけどとんでもなく良識があってあにまるのお年寄りにもとても優しい、天上天下唯我独尊島の、リーゼントじゃない方の……」

「そうそう。あそこの島の烈がビデオカメラを貸してくれてさ……」

苦笑を浮かべながら秋良が経緯を説明する。

「いや、ぶどう島の同盟の時にあの島の島リーダーの森之丞佑季とダチになってさ。しばらくはNPOの郵便変態おじさんに頼んで文通してたんだけど。この前、実際に天上天下唯我独尊島を訪れた時にビールを差し入れしたらさ、かなり喜んでくれて……」

「あはは、流石《さすが》は『ビアボーイアキラ』じゃな」

「『ビアボーイアキラ』ですな」

「その呼び名はやめてくれよ。こっぱずかしい」

「ビアボーイアキラネコ!!!」

「ビアボーイ!!!　ビアボーイ!!!　リス!!」

「だからお前らもやめろって。いや、だから38にもなってボーイっていうのがな。せめてビアキングとか、ビアナイト、ビアファイターとか、もっと格好良いのがあるだろうが」

普段から自分達のことを猫娘やコリ坊などと、てきとうなあだ名で呼ぶ秋良への小さな復讐とばかりにビアボーイを称《たた》えるネコミとコリスであった。

「で、そのビールの差し入れに何か恩返しがしたいって、えらく大袈裟《おおげさ》にいうもんだからさ。それなら、ビデオカメラ貸してよって頼んだら快く貸してくれてさ。しばらくはブタ野郎や猫娘、チュン子やコリ坊にパンダ小僧のプライベートショットをこっそり撮っていたんだけど、それならカンナから良いスタンプミッションがあるって聞いてな」

「えっへん。そうなのです。30秒以内に、上手にこのあにまるワールドでの島生活『はたらけ！　おじさんの森』プロジェクトをPRすると、なんと30オジのスタンプがもらえるんですです」

「へー、それは素晴らしいでござるな」

「ふむふむ。簡単そうじゃし、なにより、ワシ達の今の状況を簡潔に誰かに向けて伝えることに、凄《すご》く向いておるのう」

そこでスタンプをゲットするために、進が原稿を作って読んでみたのだが、まったくもって尺に収まらずに、困っていたのだという。

「へえ、さっきの進殿の演説ってそんなに長かったでござるか？　結構分かりやすくて、拙者《せっしゃ》は素晴らしいと思ったでござるけど」

「ほうほう。どれ、ワシにも読ませてもらえんかのう？」

意外に乗り気な山太郎に秋良が目を丸くして、小さく驚く。

「え、山太郎の棟梁《とうりょう》、こういうの出来るのかよ」

「何を言っておる。ワシはこう見えても結婚式とか式典とか、色々とスピーチなんか、したことがあるんじゃぞ」

それを聞いて進が納得いった顔で頷《うなず》く。

「ああ、確かに山太郎さんは元工務店の社長さんですから、そういうの得意そうですね」

「よし、じゃあ進君の原稿を、ここと、ここを、ちょっと変えてと…………ゴホン………」

山太郎の頃合いを見計らって、秋良がビデオの録画スイッチを押す。

「『はたらけ！　おじさんの森』とは！　それはそう、ワシ達四人のおじさん。つまりはワシ、工務店を経営していた森 山太郎（62歳）と、サラリーマンで総務をやっていた頼れる島リーダーの森進君（42歳）。そして金髪なのに優しく涙もろい凄く良い奴、森秋良君（38歳）。そしてオタクじゃが、とても勇敢で誰にも出来ないことを成し遂げる凄く良い男、木林裕之君（51歳）。この四人の『森』はある日、ひょんなことから皇子吉右衛門、通称、おじきちと名乗る神のジャージをまとった不思議で不気味な男から『はたらけ！　おじさんの森』というゲームをもらった。そのゲームをプレイすると、人間の言葉を話す二足歩行の動物、あにまる達がいる、あにまるワールドに飛ばされてしまったのじゃ。ここがゲームの中なのか、異世界なのかはまだ定かではないが、まだ幼いあにまるの子供達、いつも明るく元気でチャーミングな猫族のネコミ、わんぱく盛りの豚族のブタサブロウ、ちょっぴりおませなお姉さん、雀族《すずめぞく》のチュンリー、引っ込み思案な天才肌、栗鼠族《りすぞく》のコリスを放っておくわけにはいかん！　森で木の実や山菜やキノコなどをとり、火を熾《おこ》し、釣りや現地の食材を料理して、自給自足のサバイバル生活を開始した！　また、特殊なアイテムと交換出来るスタンプ報酬などを駆使して、無人島生活を生き残れ！　そう、はたらくおじさん達とあにまるのハートフルほんわか無人島サバイバルストーリー。それこそが『はたらけ！　おじさんの森』なのじゃ！　どんな世界に行っても、おじさんはビールさえあれば元気ハツラツ。今日も元気に仕事終わりの乾杯じゃ‼　カンパーイ‼」

進と同じように乾杯のポーズで固まる山太郎。その後、秋良がビデオの停止スイッチを押す、ピッという音が聞こえた。

「………さて、何秒じゃった⁉　いけたじゃろう！」

「いや、全然ダメだよ。余裕でタイムオーバー」

「3分16秒ですです」

それを聞いて山太郎は大笑いする。

「がっはっは！　まったくダメではないか。うーむ。いやはや、これは難しいのう。時間に収めるっていうのがのう……そう考えると、ニュースとかでやっているアナウンサーなんて、すごいもんなんじゃのう。改めて尊敬するわい」

しみじみとそう呟《つぶや》く山太郎の頭に乗ったまま、ネコミが興味津々に尋ねる。

「これはどういうことネコ？　アキラもちょっと前にネコミ達をその変な箱で狙っていたけどネコ。何かいかがわしいもの？」

「ああ。いえ、これはですね、ビデオカメラといいまして」

よく分からないネコミにカンナがカメラを再生モードにしてみせてあげる。ネコミは山太郎の頭から飛び降りてその映像を眺める。

――『はたらけ！　おじさんの森』とは！　それはそう、私達四人のおじさん。つまりは私、普通のサラリーマン森進（42歳）。そして金髪なのに優しく涙もろい凄《すご》く良い人、森秋良さん（38歳）。体格がよく温厚で、家づくりからサバイバルの知識まで存分に備えた凄く良い人、森 山太郎さん（62歳）。そしてオタクさん………――

そこには先ほどの進の姿が再生されていた。それを見てネコミは驚いて宙に飛び上がる。

「にゃにゃにゃにゃ！！！！！　この箱の中に、小さなススムが閉じ込められているネコ！！！！　なんということとネコ！！??　まほうネコ！！??　も、もしかして……の、のろい???」

驚きと恐ろしさと好奇心から、尻尾《しっぽ》をギンギンに立ててビデオカメラを警戒するネコミに進が笑いながら説明する。

「これがビデオカメラといいまして、このレンズ、分かりますか？　このレンズに映ったものをこの機械の中にあります、ハードディスクで記憶しまして。元々は映像を焼き付けるカメラと、更には音を記憶する蓄音機というものがあるんですが。まあ、あはは。まあ、これは今度授業でもやりましょうね、折角《せっかく》ですから。とりあえず、撮ったものを記憶出来る機械なんですね。ビデオカメラというものは」

一通り説明を聞いたネコミの瞳にはやはり少し恐怖が残っていたが、好奇心の方が数倍勝って、目がキラキラと輝きだす。理屈まではしっかりと分からなくても「どうやら、こういうものがある」ということが分かると大人よりも子供はすんなりとそれを受け入れることが出来るものである。

「はい！　はい！　ネコミもやってみたいネコ!!」

「喜んで！！！！」

そして自分も進達がやっていた島のPRをやってみたいと言い始めた。

それにはカンナも喜んでうほうほとカメラを回す。

「えーと、『はたらけ！　おじさんの森』ネコ！　それは、あにまるワールドにやってきた、四人のおじさんがいるネコ。そのおじさんというのは、ネコミが大好きなとっても優しくてふわふわしているおじさん、・ススムに、ブタサブロウが大好きな髪の毛まっきんきんでいつも口が悪いけど、でも、実はすごく優しくてほわほわしているアキラと、ちょっと、おたく？　だけどいつもみんなを守ってくれるへにょへにょ優しいキバヤシと、沢山家や橋をつくってくれた大きくてごりごりしているヤマタロウに、あとは猫族のネコミに、豚族のブタサブロウ、雀族《すずめぞく》のチュンリーに、栗鼠族《りすぞく》のコリスもいて、あ、パンダもいるネコ！　みんな仲良しでおじさん達のことが大好きネコ。この島にはポッコレの実やボーボ・ダンダギーもあって、とても過ごしやすい島ネコ。それにそれに、すごく綺麗《きれい》なタキもあって。ああ、でもタキはきがついたらすぐにススム達がふんどし一丁になっちゃうから、ぶきみネコ。こわいネコ。えーと、オンセンはおじさんたちのはたらく気をなくす『ましょうのゆ』ネコ。ビアボーイアキラが持ってきたびーゆは、『きょうきの水』ネコ。おじさん島はとても良い島ネコ！　みんなも来ると良いネコ!!　…………これで？　いいネコ？　まだ、それ、やってる、ネコ？　ネコミ、ピースする？　いえーーーい」

カメラに向かって手を振るネコミ。ピッと停止ボタンを押すとカンナが宣言した。

「はい、ネコミちゃん、30秒ピッタリですです！！！　スタンプ献上！！！」

「嘘《うそ》をつくんじゃねえよ。嘘を。完全に4分は経《た》ってただろうがよ」

「だってえ～～。あんなに可愛《かわい》いんですものもの～～。あんなに可愛かったら絶対30秒じゃないですかー」

「訳の分からん理屈をこねるな。ていうか、管理人がそれでスタンプくれるってんなら、マジでもらうぞ？」

ビデオを再生モードにして、ネコミに今撮った映像を見せると、転がるくらい楽しそうにゲラゲラ笑いだす。

「あっはっは！　すごいネコ！　ネコミがいる!!　ネコミがこの箱の中にいるネコ！　だって！　ネコミはここにいるのに！　いるというのに！　この箱の中にもネコミがいて！　にゃんにゃん話しているネコ！　すごいネコ。ネコミが言ったことをすっかり覚えて、はんすうして……。もう、これだけネコミっぽいと、これはもうほんもののネコミといってもかごんではないネコ……あれ？　それなら今ここにいるネコミは、なにもののネコ？」

「なんか怖い結論に至ってるぞ」

「アイデンティティの崩壊、でござるな」

「なんか、こういう落語ありましたよね」

自分の映像を眺めながら大笑いしたり首を傾《かし》げたりするネコミを見て、おじさん達もどこか楽し気である。

「さてネコミ殿、次は拙者《せっしゃ》にもチャレンジさせてほしいでござる」

少し前からウズウズしていた木林が手を上げる。なんだかんだでみんなビデオカメラに夢中になっている。

「もっとあれですかね。早口で言わないと駄目なんじゃないかでござる。どれどれ、拙者が……『はたらけ！　おじさんの森』とはそれはそう拙者達四人のおじさんつまりは拙者オタクを愛しオタクに愛された漢《おとこ》木林裕之（51歳）とサラリーマンで総務をやっていた頼れる島リーダーの森進殿（42歳）そして金髪なのに優しく涙もろい凄《すご》く良い方森秋良殿（38歳）におおらかで力持ちでサバイバル知識もある森山太郎殿（62歳）この四人の『森』さんはある日ひょんなことから皇子吉右衛門さん通称おじきちと名乗る神のジャージをまといし不思議で不気味なおじさんから『はたらけ！　おじさんの森』というゲームをもら

ったでござるそのゲームをプレイすると人間の言葉を話す二足歩行の…………」

木林も早口で試みたが、結果は少し早くなった程度で、30秒には程遠いものであった。

「ううむ。ひょっとしてこれって無理ゲーなのでは？」

項垂《うなだ》れる面々だが、そこで、秋良が冷静に意見を述べる。

「いや、あのさ、違うんじゃないかな。早口とかじゃなく、さ」

「え？」

「違う？　秋良殿。違うとは、どういうことでござるか？」

「何か秋良さんには解決策がある、ということですか？」

他のおじさん三人から詰め寄られ、秋良は少し狼狽《うろた》えながらも、持論を口にする。

「ああ。まあ、解決策というか、ごくごく当たり前で、とてもシンプルなことを今から提案させてもらうんだがな」

「ぜひ！」

「聞かせてほしいでござる」

「秋良君！」

「その…………削らない？」

「削る？」

「削る、じゃと？」

「削る、でござるか？」

「うん。多分、元々その原稿が長すぎるんだよ。削って、尺に合うようにしていこうぜ」

秋良の提案に木林は腕を組んであからさまに難色を示す。

「………いや、でも、折角《せっかく》進殿が一生懸命考えてくれたあらすじなのに……」

「そうじゃぞ秋良君。これだけの文章を書くのにどれだけの労力を払ったと思っておるのじゃ。勿体《もったい》ないじゃないか」

「いや、なかなか断捨離《だんしゃり》出来ないＯＬかよ」

「削る、という言い方も恐ろしいでござる。もし、秋良殿が金髪でツッコミが多いから、その全身を削ろうって言われたら、どう思うでござる？」

「激怖い例《たと》えかましてんじゃねえよ。完全に的外れだし。文章削るのと人間削るのを一緒にするんじゃないよ。ていうか人間削るんじゃねえ、怖いなマジで」

丁寧にツッコミで対応して、秋良は更に説明を続ける。

「いや、これだけの量の原稿だと、どんだけ早口で言ったって絶対に埋まらないからさ。進さんには申し訳ないけど、30秒あらすじのノルマを達成してスタンプを手に入れるには、これしか方法がないんだよ」

「そ、そんな……折角の進殿の原稿が。なんという惨《むご》い提案。惨い。ビアボーイではなく、惨いボーイですぞ」

「み、皆さん。秋良さんの仰《おっしゃ》ることはもっともです。私の原稿を、削っていきましょう」

「す、進殿……。進殿がそういうなら」

「うむ……ちょっと……やってみるかの。勿論《もちろん》、進君の原稿は素晴らしいんじゃぞ。それは大前提でな？」

「なんかすげえ俺が悪者みたいじゃん。結構普通のこと言っているつもりなんだけどな。ていうか進さんとか総務だったんだからこういうの得意だったんじゃあ……。あ、違うか。結構進さん授業とかでも文章長いもんな。『長い文章が受け入れられてそれがプラスに働いている総務』だったんだな……」

「何をごちゃごちゃ言っているでござるか」

「ああ、ごめんごめん。え、と。じゃあ頭から進さん読んでくれる？」

「はい、分かりました。『はたらけ！　おじさんの森』とは。それはそう、私達四人のおじさん。つまりは私、普通のサラリーマン森進（42歳）。そして金髪なのに優しく涙もろい凄《すご》く良い人、森秋良さん（38歳）。体格がよく温厚で、家づくりからサバイバルの知識まで存分に備えた凄く良い人、森 山太郎さん（62歳）……」

「はいタンマ。よし、削ろう」

開始早々にストップをかける秋良に、木林が口を尖《とが》らせて不平を訴える。

「えー、もうですか？　まだ冒頭でござるぞ。具体的にどこがよくないでござるか？」

「いや、長いじゃん。普通に」

「ああ、森秋良さん、とか山太郎さん、とか。さんをつけてあるから、ということかの？　別にワシらは気にしないからのう。つまり進君。『さん』を削った方が良いってことじゃと、秋良君は言っているんじゃよ」

「全然違う。いや、そんな生ぬるい話じゃねえから。『さん』の二文字を削るとかの話じゃなくて、もっと根本的にってこと。あのさ、おじさんの説明長すぎじゃない？」

それには進も少し心外といった表情を覗《のぞ》かせる。

「……いや、ですが、どういうおじさん方なのか説明しないと、不親切じゃないですか？　なんせ、『はたらけ！　おじさんの森』なのですから。それのＰＲ動画でスタンプをもらう、ということなのですから、やはりおじさんの説明は不可欠といいますか」

「そうじゃぞ」

「そうですぞ」

「ですです」

「そうネコ」

「そうリス」

「嘘《うそ》みたいに誰も味方いないな俺。誰一人いないじゃん。てか猫娘とコリ坊は絶対に分かってないじゃん。分かってないのに面白いから俺を責めてるだけじゃん。ああ、すごい自信なくなってきちゃった。いや、冒頭からおじさんの名前と年齢と性格がズラーッと並ぶのっておかしくない？　こういうの頭から説明しすぎても話入ってこないって。それはぶどう島の同盟の時のおじさん自己紹介地獄で学んだでしょ？　ここはとにかくどういう物語なのか、全体の概要が大事なんだから」

流石《さすが》に少し不憫《ふびん》に思えてきたのか、最年長の山太郎が秋良の意見に歩み寄ってくれる。

「……なるほど、少し内容を薄めるというわけじゃな」

「拙者《せっしゃ》、薄めすぎもあまりよくないとは思いますけどね。カルピスも薄すぎたら飲めたものじゃないでござるがね！　拙者、原液に近いくらい濃いものが大好きでござる」

「カンナもですです」

だが、51歳のおじさんと25歳の管理人はまだまだ不満を前面に押し出してくる。

「んだよ、お前ら喧嘩《けんか》売ってんの？　スタンプ欲しいから30秒にしなきゃダメなんだろう？　時間がたっぷりあるなら別にそれでもいいんだけどさ。いや、そうであってもああクドクドおじさんの説明しなくてもいいとは思うしね」

「じゃあどうしたらいいんでござるかね⁉　代替案はあるんでござるか？　代わりになる案がなければ、口だけで批判してくる野党と変わらないでござるぞおおお！！？？」

「この眼鏡、凄《すご》い険のある言い方してくるじゃん。野党って……。あんまりそういう発言しない方がいいよ。いや、だからさ——ある日、おじきちと名乗る不審なおじさんから

『はたらけ！　おじさんの森』なる不思議なゲームをもらったおじさん四人――とかでいいじゃん。うん。それだけでいいよ。それで数行が一気にまとまったからさ。次に進もうぜ」

「……え？」

「な……なんと」

「……ござる？」

進、山太郎、木林が絶句する。秋良が何をしたのか、分からなかったのだ。

「え？　秋良殿、今、何をしたでござる？　まさか、今ので、削られたでござるか？」

「あまりにも一瞬の出来事で、よく分からんかったぞ」

「そうですぞ。秋良殿。もう一度聞かせてくれるでござるか？」

そういわれて、秋良はもう一度同じ文章を口にする。

「え、うん。――ある日、おじきちと名乗る不審なおじさんから『はたらけ！　おじさんの森』なる不思議なゲームをもらったおじさん四人――」

「…………」

「…………」

「…………」

その言葉を空を見上げて反芻《はんすう》するおじさん達。山太郎と木林が輝く瞳で秋良を見つめる。

「……見事じゃ、完全にコンパクトになっておる。これだけで十分四人のおじさんがゲームをもらったという内容が頭に入ってくるぞ」

「進殿には悪いでござるが、先ほどまでの内容が、無駄に冗長で意味なくおじさん達の説明を長々としているだけ、ということがよく理解出来たでござる……添削の王、今ここに、添削王が降臨されたでござる」

「チョロい。チョロいにも程があるな。なんだこの手のひら返し。コイツら気持ち悪いな」

「で、このあとはどうするんじゃ？　どうすればもっとよくなる？」

「どうすればいいでござるか⁉　早く‼　早く！　添削をくれでござる！」

「打って変わって凄《すご》い添削を欲しがるじゃん。ええと、あとはどんなだっけ？　進さん？」

秋良に促されて、進は原稿の続きを読み上げる。

「次はですね『そのゲームをプレイすると、人間の言葉を話す二足歩行の動物、あにまるさん達がいる、あにまるワールドに飛ばされてしまったのです』」

「うーん。まあ、ここはそんなもんかな。続けて」

頷《うなず》いて、進は口を開く。

「『ここがゲームの中なのか、異世界なのかはまだ定かではありませんが、まだ幼いあにまるの子供達、いつも明るく元気でチャーミングな猫族のネコミさん、わんぱく盛りの豚族のブタサブロウさん、ちょっぴりおませなお姉さん、雀族《すずめぞく》のチュンリーさん、引っ込み思案な天才肌、栗鼠族《りすぞく》のコリスさん……』」

「ああ、だからこれも一緒だよ。あにまるの説明を端折《はしょ》ろうぜ」

それには再び木林と山太郎が甲高《かんだか》い悲鳴をあげる。

「きゃあああああ。ええ⁉　あにまるのお子様達の説明を削るんでござるか？」

「それは流石《さすが》にやりすぎというか。あんまりじゃなかろうかの。合理主義に過ぎるというか、秋良君には人の心がないのか？」

「いや、長いから。尺に収まらないいんだから、仕方ないだろう」

「ひどい！　鬼じゃ」

「あにまるのお子様達の説明を省くというのは、つまり、彼らの四肢をもぐのとまったく変わらないぐらいの残忍な行為ですぞ！　ひどい秋良殿！」

「え？　ネコミ達、もがれちゃうネコ？」

「怖いリス。おそろしいリス。アキラはひどいリス」

「全然ちげえよ。なんであにまるのガキ達の説明を省略するのが、本人の四肢を引き裂くのと同じことになんだよ。その発想の方がよっぽど恐ろしいわ。こういうのは『二足歩行で言葉を喋《しゃべ》る動物、あにまるの子供達との共同生活が始まった』ぐらいでいいんだよ」

「はあ、ちょっとコンパクトすぎじゃないですか？」

そういう進の肩をガシリと掴《つか》み、山太郎が制止する。

「………いや待てよ進君。じゃが、説明をあまり詳しくしないことで、逆に興味を引くことに繋《つな》がるのでは、なかろうか？」

「おお………確かに、二足歩行で喋《しゃべ》るあにまるとはなんなのか、って気になりますね」

「そう、この物語を見てみたい、という気になるでござるね！」

「確かに、情報を小出しにすることで『はたらけ！　おじさんの森』という物語への興味が深まります!!」

秋良の添削の意図に気づいたおじさん達は再び軽やかに手のひらを返して絶賛を始める。

「凄《すご》い、しっかりと計算されているんじゃな。精密機械のような添削。添削王じゃ!!」

「添削王様!!」

「……なんだこれ。まあいいや、続きはなんだっけ」

「『火を熾《おこ》し、釣りをして、自給自足のサバイバル生活を開始！　無人島生活を生き残りましょう！』」

「やや！　ここも長いですぞ!!　冗長冗長!!　削れ削れ!!」

「オラオラ!!　添削王のお通りじゃあ！！！　添削させるのじゃ！！！！」

「あー、いや、ここはそんな長くないし、削らない方がいいかもしれない」

「え？」

その言葉に、暴徒達は動きを止め、秋良の顔面を下から上目遣いに見据えながら、挑発し始めた。

「今、何とおっしゃられた？　削らないですと？　ああん？　さっきまでの勢いはどうしたんでござるか？　もう日和《ひよ》ってしまったでござるか？」

「金髪の添削王なのに？　削って添えるのが、仕事ではないのか？　おう？　のう？」

「誰が金髪の添削王だよ。ビアボーイやらなんやらと、訳わかんねえ二つ名で呼ぶんじゃねえよ。あ、いや、だからこれは削らないで、添えるんだよ。おじさんがどうとか、あにまるがどうとかっていうのは少し駆け足で説明しておいて、興味を引く。で、そのおじさんやあにまるがどういうことをする、っていうのはちゃんと説明した方が良いんだよ。バイトの面接だって、どういう仕事をするのか、自分が何をすることになるのか、そこが一番気になるだろ？」

「た、たしかに！！！！」

「まったくもって、その通りでござるううう！！！！」

「だから、更にスタンプシステムのことについても説明してさ、世界観を伝えたりして、少し足す方が良いかもね」

「ふむふむ。なるほど、ですぞ」

「す、すごい。どんどんと完成していきますね」

「これはもはや添削の神、添削神様ですぞ!!」

「金髪の添削神……いや、金色《こんじき》の添削神じゃ！」

「金色の添削神ですです！」

「こんじきのてんさくしんネコ!!」

「こんじきのてんさくしんリス」

「マジ、クソほどダサいからやめて……」

それからも、秋良が主体となって添削を進めて、10分ほどで完成した。

「よし！　出来た！」

「さて、じゃあ出来上がったこの原稿を……」

「秋良殿が読むでござるな」

そういわれて、自分の顔を指さして狼狽《うろた》える秋良。

「え？　俺が読むの？　いや、柄じゃなくねえ？」

「私からも、お願いします、秋良さん」

「ったく、進さんにお願いされたら、しょうがねえな……」

「ツンデレですぞ、金髪なのに」

「うるせえよ。金髪なのには余計だよ。えーと……、ゴホン。ある日、おじきちと名乗る不審なおじさんから『はたらけ！　おじさんの森』なる不思議なゲームをもらったおじさん四人は、二足歩行で言葉を喋《しゃべ》る動物、あにまるがいるあにまるワールドへと飛ばされてしまった。火おこし、釣りに料理など、自給自足のサバイバル生活に、特殊なアイテムと交換出来るスタンプ報酬などを駆使して、無人島生活を生き残れ！　仕事が終わった後の一杯は格段に美味《うま》い！　それでは一緒に、乾杯!!」

「……カット！！！……………………きっちり30秒ですです!!　これでスタンプ30オジゲットです！」

カンナが鐘を鳴らすと、ポポポポポンと、進の腕にスタンプが押される。

「流石《さすが》秋良さん！」

「乾杯じゃー!!」

「添削王、いや、あらすじ王の降臨ですぞ！！！」

「あらすじ王じゃ!!」

「あらすじ王ですです」

やんややんやと囃《はや》し立てる面々を眺めながら、秋良は苦笑を浮かべる。

「ビアボーイやら添削王やらあらすじ王。なんだか訳の分からねえ二つ名が増えてきたな」

——そういえば、今回撮った映像や、あにまる達の隠し撮りって、何に残せばいいんだろう。どこかの島にメモリーディスクを持ち込んだおじさんでもいいねえかかな……。

皆の喝采《かっさい》に手を上げて応えながら、秋良はそんなことを考えていた。

48　借金をしよう!!

「借金システムが導入されましたましたーー！」

パチパチパチパチと、自分で手拍子をして盛り上がるカンナ。それは、無事にぶどう島との同盟が締結してから、数日経《た》った後のことであった。

「いきなりだな。借金って？　ローンとかじゃねえのかよ」

「いえいえ！　借金ですです（^-^)/。簡単に説明しますと、スタンプが足りない品物をどうしても手に入れたい時に、借金して手に入れることが出来ます！　借金以外の言い方はありません！　逆にローンや借り入れ等ということなく、借金と断言しているだけ潔いと思っていただきたいですたいです！」

借金と断言してパフパフと小さなラッパを吹きまくるカンナ。秋良が苦笑しながら更に追及する。

「えーと、じゃあどういうことなんだ？　しっかりとシステムを説明してくれよ」

「勿論《もちろん》ですです！　例えばですけど、テントが欲しいなって思った時に、借金をしてテントが手に入ります」

「ふんふん。それって、スタンプが減らされるの？」

秋良の問いに、カンナは首を横に振る。

「いえ、その時点で入手しているスタンプには影響受けません。スタンプが減ってしまうと、それはただのスタンプ消費ですから。借金をしますと、その証《あかし》として、通称デスオジスタンプが腕に押されます」

「早速不穏なワードが現れたな。のんびり島生活でデスとか使うなよ。怖いな」

「マスター達の隠居会議で、マイナスオジスタンプかデストロイオジスタンプで分かれたみたいなんですけど、間をとってデスオジスタンプになったみたいです」

「どこが間をとってんだよ。どこが」

そこで、今まで黙って聞いていた山太郎も口を挟む。彼は自身が経営者でもあったので、当然借り入れに関しての知識は豊富なのだ。

「じゃが、利息があるんじゃろう？　１００オジ借りたら10日で1割、つまり10オジ加算されるとか？」

「ええ!?　それってトイチじゃねえかよ！　そうか、そうやってスタンプを巻き上げようってことだな！　おじきち達もケチくさいことやってんな!!」

「いえいえいえいえ。利息なんてありません！　おじさん金融はクリーンなんです。だって経営はマスター達、隠居さん達なんですよ。自分達が作り出した貨幣、スタンプを何で欲しがるんですか。意味が分かりませんよ」

「まあ、確かにそうですね。基本的にはゲームですから。スタンプは私達がどう楽しむか、だけのために設定されているはずです」

これがよその島が始める事業だったら当然儲《もう》けを考えるのだろうが、隠居達には今更物欲もなければ何もない。何か企んでいるということもないかもしれない。

「ふーむ。それなら10オジ借りてみましょうかね」

「進さんって！」

新しい要素が大好きな進がこの新コンテンツに乗らないわけがない。カンナは待ってましたとばかりに両手を上げて歓迎する。

「はいはいーー！　おじさん金融へようこそーー」

「それもさ、ファイナンスとか、もっと良い言葉使えよ。この時代に金融って……」

「うちはそういう言葉面《ことばづら》だけ良い感じの商売じゃないんですよーー」

「いちいち胡散《うさん》くせえな。まったく」

実は慎重派で友達からお金を借りた経験もない秋良は、不安そうに事の成り行きを見守る。

「それじゃあ、10オジ貸してください」

「えとえと。10オジ借りるということは出来ないんです」

「え？　どういうことです？」

「スタンプを借金するというか、商品を借金で手に入れて、その代わりにデスオジスタンプが押される、というシステムになっています」

カンナの説明に秋良と木林はよく分からず首を捻《ひね》る。なんとなく意味が分かった進は、とりあえずカンナの言う通りに事を進めてみる。

「ふむふむ？　なんとなく分かりました。それじゃあ、炭を借金して買います、ってことでいいんですよね？」

「そういうことですです！　物を前借りするのです」

嬉《うれ》しそうに頷《うなず》いて、カンナは次のステップへと進む。

「はいはーい。それじゃあ借金地獄へようこそーーー。ゴートゥーヘルーーー」

「正直すぎるだろう。地獄って言っちゃってるじゃん」

カンナがそう宣言すると、突然空が暗くなり、暗雲が立ち込める。雷《かみなり》まで鳴り始め、かなり凝った演出が始まった。そして、黒いモヤの中からボーっと現れる影。シャキン、シャキンと金属の音を鳴らして、細い、まるで骸骨《がいこつ》のように細くて血色の悪いおじさんが姿を現した。

「借金おじさんのＮＰＯ、樫田狩太郎《かしたかりたろう》だシャキン」

シャキンシャキンという音は、その両手に持っている二つのハサミから鳴らされていたのだった。

「借金したいひとでなしのクズはどこにいるシャキン」

「大層な言われようだな、おい」

「お前かシャキン?」

「あ、いや、違い、ます」

いつもの癖で思わずツッコんでしまい、NPO借金おじさんの樫田狩太郎に充血して突出した目で睨《にら》まれた秋良は、思わず怯《ひる》んでしまった。このおじさん、キャラがガンギマリ、で普通に怖かったのだ。

「私です。私が島リーダーですので」

「島リーダーの癖に借金なんかして、恥ずかしくないのかシャキン?」

──凄《すご》い煽《あお》ってくんなコイツ。借金するなら島リーダー以外にねえじゃねえかよ。

秋良はツッコみたくて仕方ないが、先ほどの件があるから強く言えない。

「借金させてください樫田さんと言えシャキン」

「借金させてください樫田さん」

「借金させてください樫田さんと言えシャキン」

「借金させてください樫田さん」

「借金させてください樫田さんと言えシャキン」

「借金させてください樫田さん」

「……そこまで言うなら、借金させてやるシャキン」

――三回も言わせやがったコイツ。つべこべ言わずに貸しゃあいいんだよ。

執拗《しつよう》に進に借金の意思の有無を確認した後、NPO借金おじさん樫田狩太郎は、一旦ハサミを地面に置くと、指の先端を進の左手に向ける。「ングググgはほ！！　ほあああああがえwて!!」という、悲鳴にも近い呪詛《じゅそ》のような言葉を喉《のど》の奥から唱えると、指から黒いモヤが放たれていく。そして、進の左手に禍々《まがまが》しい借金おじさんの顔のスタンプが刻印されるのだった。

「これが、借金スタンプ……デスオジスタンプですか。ほう」

「さあ。これで貸したシャキン。借りたなら、ちゃんと返すシャキン。そしてほら、欲しかった炭もあげるシャキン………」

ぽとんと、ポケットから取り出した炭を地面に落とすと、NPO借金おじさんの樫田狩太郎は、シャキンシャキンとハサミを鳴らしながら、そのままモヤの中へと消えていった。

借金の儀式を見守っていたカンナが笑顔で手を叩《たた》いて祝福する。

「はい、これで借金成立です。おめでとうございます」

「全然めでたくねえよ。すげえパンチ強いヤツやってきたじゃねえかよ。演出凝ってんな。借金とシャキンをかけるためだけにハサミ持ってたのアイツ？　デスオジスタンプ刻印する時、邪魔でわざわざハサミ地面に置いてたからね。ハサミ必要ないってことだからね」

借金おじさんがいなくなって安心した秋良は溜《た》めに溜《た》めたツッコミをここで放出する。

「まあ、にしても随分と禍々《まがまが》しいスタンプじゃのう」

「先ほどの借金おじさんの顔ですね。なんかインクの滲《にじ》み具合が絶妙で、呪いの刻印みたいでござる」

「まあ、実際普通のおじきちマークのスタンプも十分呪われてる感あるんだけどね。俺達が慣れちゃっただけで」

進はというと、左手に押されたスタンプを興味深そうに見つめている。そして、島リーダーらしく、更なる説明をカンナに求める。

「なるほどなるほど。これがデスオジスタンプ。借金したというわけですね。で、これを返すとなると、どうすればいいんですか？」

「はい。自動返済となっておりまして。普通にノルマボーナスでスタンプを貯めてもらったら、勝手に借金返済に充《あ》ててくれます!!」

「へー、じゃあいつも通りやってたら、勝手に返済されていくって感じなんだなー。便利じゃん」

「悪くないかもしれませんぞ」

説明を聞いて、秋良と木林はのほほんと感想をいう。しかし、山太郎は少しその条件に違和感を持った。当然、進もである。

「ちょっと待ってください。今の説明で気になる所がありましたね。まず、一つお伺いしたいんですけど、これって、どこかの島の方がアドバイスしたんですかね」

「え?」

「私が代替品を見つけて、それから代替品ボーナスが生まれたじゃないですか。ああいった感じで、ユーザーからの投げかけで、この借金システムって生まれました?」

「あー、なるほど。まあ、そういうこともありますね、確かに。プレイされているおじさん達の要望に応えるのが運営側の使命でもありますから」

ただし、今回の借金システムがユーザーからの要望かどうかは、カンナには分からないという返答であった。

「そうですか」

少し考え込んだ後に進は再びカンナに質問をする。

「カンナさん。今、私の左手にはデスオジスタンプが10、右手には普通のスタンプがあります」

「はいはい」

「左手は炭を買った借金。右手は貯金と考えましょう。左手に借金はあっても、普段の支払い、欲しいものは右手で賄《まかな》える、ということで大丈夫ですね？」

「その通りですです!!」

「じゃあ、カンナさん。この状態で実際にマイナスになった場合、どうなるんでしょうか？」

「？？…………はい？」

「えーと、つまりですね。普通に右の貯金を使い果たしてしまった時です。スタンプを沢山交換して、欲しいものを手に入れたとします。その後、右の貯金、普通のおじきちさんのスタンプを貯めるには、一度左手の借金、デスオジスタンプを全額返済しないと、右手が貯まらなくなる、ということですよね」

そういわれて、カンナはこのシステムの、とてもシンプルな穴にハッと気が付く。

「えー、いやいや、それは。あれ？　ちょっと待ってくださいね……あれ？　このシステムで、この条件、ってなると。あ、やば。す、進さんの言う通りですね。この借金状態で貯金がなくなると、全てのスタンプが借金の返済に充《あ》てられることになってしまいます」

「えーと、どういうことだ？」

二人のやり取りを聞いてもあまりピンときていない秋良に進が説明する。

「右手の貯金と左手の借金の住み分けが不十分なシステムだということですね。つまり、例えるなら給料が勝手に借金した会社に全て振り込まれることになる、ってことですよ。元々貯めていた貯金は使えないという……」

秋良は頭を捻《ひね》りながらも、なんとか理解しようと努力する。

「つまり、借金の返し方を選べないってことだよな。小屋を作ったボーナスが20オジだけど、その中の10オジを借金返済に充てて、残り10オジを右手の普通のスタンプにする、とかってことが出来ないって、こと?」

「あー、出来ませんですです。全て借金返済に自動的に充てられることになります」

「ふーん。でもそれなら早く借金を返してしまえば問題ないって話だろう?」

「それはまあ、今回みたいに桁《けた》が10デスオジとかだったら、大丈夫ですけどね。ただし、それを知らずに気が大きくなって100デスオジとかを借りてしまった場合。右手の貯金を使い果たしてしまうと……」

「スタンプは使えないし、報酬で手に入れたスタンプは全て借金に喰《く》われるという、借金地獄に突入するわけじゃな」

「お、恐ろしい。恐ろしいですぞ。このシステムは、危険ですぞ!!」

スタンプブックにあにまるワールドのものが増えたので、欲しいものが増え、前借りしたくなる気持ちはどこの島にもあるだろう。

「多分意図したことじゃなく、システム的な欠損だとは思いますけど、よそのどこかの島が提案したのでしたら何か裏があるかもしれないと思いまして……」

「だから先ほど気にしていたんですな、進殿は」

「まあ、多分このシステムとしましては何か欲しいものがあったとしたら、更に借金をして手に入れればいいんですよ。スタンプは貯まらなくてもデスオジスタンプを押して物だけいくらでも手に入りますからね。ただし、そうなったら借金状態で、更に欲しいものがあったら借金と、とにかく借金が増えていきます。何か支障があるかといわれたら裏技的に半永久的に使えるのは使えると思うんですけど、あんまり教育上、そして腕にデスオジスタンプが押される島リーダーさんの精神衛生上にも、よくないかと……」

進の説明を聞いて、青ざめる他のおじさんに、カンナ。

「いやいやー、これはすぐにマスターに報告して、修正してもらわないと駄目ですです ー」

「だけど、他の島の奴らも、普通に考えたら気が付くことだろうけどね」

「まあ、明日夢《あすむ》さんとかは、大丈夫でしょうけど」

「だよな。こんな詐欺《さぎ》みたいなシステムに騙《だま》されたりは…………あ」

そこで秋良の脳裏にある島がよぎった。それは進も山太郎も木林も同じようである。いつもの笑顔が凍りついて、その、最近同盟関係となった、ある島について考える。

「あの島、大丈夫かな。なんだか、嫌な予感しかしないんだけど」

「私もです」

「いや、あの島でも流石《さすが》にそれは大丈夫じゃろう。いや？　どうじゃろう？　いや？　ダメか？」

「ううむ……多分、やばいでござる」

進達はすぐさまその島へと向かった。同盟を結んでいるので、同盟門《マヴダチゲート》をくぐればすぐに行くことが出来る。

ぶどう島に着いた瞬間、完全に手遅れだったことを一瞬で理解した。

島リーダーである、あにまるのライオネスの全身にデスオジスタンプが張り巡らされていたからだ。

「えええええええええええええ！！！？？？？」

「いやいやいやいや、鬼呪われてるじゃん！　呪われし孤島のライオンがいるんですけど！！！」

ライオネスの全身を巡るデスオジスタンプを見て悲鳴をあげる秋良を、翔をはじめとするぶどう島のおじさん達が制止する。

「ちょ、ちょっとやめてくれよ秋良君」

「ライオネスには見えてないんだから」

「ああ、そうか。見えてたら正気を保ってらんないもんなあ……」

ライオネスは進達を一瞥《いちべつ》するだけで、すぐに岩砕きのノルマを続ける。基本的にぶどう島の住民は岩砕き（5オジ）のノルマで生計を立てているのだ。

本当にライオネスの全身は禍々《まがまが》しいことになっていた。借金なんて問題ないと感じていたが、この紋章を見てしまうと早く返したいと思うに決まっている。ライオネスを見て知ったが、貯金のスタンプと違い、デスオジスタンプは全身にまで行き渡るようなのだ。これは、明らかに精神的によくない。

「いや、これ、どうすんの？」

「だから焦ってるんじゃないか!!　流石《さすが》に見えないっていっても、誇り高きライオネスにあんな姿でいられるには申し訳ないさ！」

翔から話を聞くと、借金システムを聞いた住民達が欲しいものを言い合い、それをライオネスが全て購入しようと言いだしたという。NPOが見えないライオネスに、やり取りは全て翔が仲介してあげたのだ。

「愚《おろ》かな……。愚かにも程があるじゃろう……」

「普段のスタンプはよくて、デススタンプは駄目という物差しはおいておいて、流石にこれはヤバイな。で、翔さんよ。どんだけ借金した？　デスオジスタンプはどれだけあるんだよ？」

「…………300」

「結構思い切ったな。一体何を手に入れたってんだよ」

「それが、これなんだけど」

翔が泣きそうな表情で指さすと、岩の上に、サンドバッグと、ダンベルと、ギターが転がっていた。

「…………マジか」

進達は呆《あき》れて言葉も出ない。秋良だけがなんとかツッコミの使命を帯びてようやく声を発することが出来た。

「子供じゃねえんだからさ！　いや、もっと！　なんか生活必需品とかさ！　あんた達んとこ、家や橋とか、インフラも何にもないのに！　なんでサンドバッグなの？　ギターとか、楽器弾ける奴いんの⁉　バカなの⁉　一番大人ばっかりの島の癖に、バカなの⁉」

秋良から責められて、申し訳なさそうに頭を下げる翔。弟の巧が更に状況を説明してくれる。

「すまねえ。いや、初めは貯金のスタンプも右手にあったからさ。それも使いながらやっていけそうじゃん、って思ったんだよ。だけど、すぐに貯金も底をついて。それからなんだよ。いくらスタンプを貯めても、勝手に借金返済に充《あ》てられてさ。だけどスタンプ交換で手に入れないといけないものとかあるじゃねえか。うちの島はワープゲートでよその島によく回るのが習慣だしさ。そうなったらもう、更に借金して、手に入れるしかなくて……。借金が、借金を呼んで、もう、訳が分からなく……」

「ああ！！！！　まんまとじゃん!!　もうまんまと!!　もう完全に術中にはまってるじゃん！」

「なあ秋良君。これって、どういうことなの？」

「ええと、雄介さん。いや、だからー、説明して分かるかな？」

そして秋良は進から受けた説明をそのままぶどう島のおじさん達に伝える。

「……つまり、給料が全て借金してる会社に勝手に振り込まれるようになるってことなんだよ」

「なんと!!」

「とんでもない……」

「そんなからくりがあったのか!!」

「それはヤバいんじゃないの!?」

「だからやべえと思ってあんたらのとこ来てみたら、全てその最悪なシナリオ通りやっててびっくりしてるところだよ今！　ほんとやべえ島だな!!」

秋良の話を聞いて、おじさん達は途方に暮れてしまう。そこに話を横でニヤニヤしながら聞いていたハイエナ族のエナジーが、悪魔のように語りかけてくる。

「まあああ………。だけどこのまま黙っておくってことも、ありエナ。ライオネスにはバレてねえんだからエナよ。それだけだ。それだけで、好きなもんがいくらでも手に入ると思えば、獅子《しし》の旦那には呪いの黒獅子になってもらって、なあエナ？　だって、俺様にだって、何も見えてねえんだエナ。え？　おいよその島のヤツ。余計なことは言わなくていいんだよ。別に俺達あにまるからしたら、何の支障もねえんだからエナ」

「……た、たしかに」

「え、エナジーの言う通りかも……」

「ハイエナ野郎！　お前うるせえんだよ！　エナエナエナエナ入ってくんな！　みんなも格闘技やってる癖に誘惑に弱いな！！！　そんなんだから島もすぐ荒れ放題になんだよ馬鹿野郎!!」

甘言《かんげん》を囁《ささや》くハイエナのエナジーを一蹴して、更にはぶどう島のおじさん達に喝を入れる。

「オジキン!!　おい、オジキン＝エアウォーカー！！！」

埒《らち》が明かないと秋良はぶどう島の隠居のオジキン＝エアウォーカーを呼ぶ。その声に応えて秋良達の目の前に筋肉隆々で「神」と書かれたブーメランパンツを穿《は》いたおじさんが姿を現す。

「どうしたキン。これはこれは、よその島のおじさん達も集まって、格闘大会でも開催するのかキン。それは最高に熱いキン！　是非審査員をやらせてほしいキン!!」

「出たな変態……」

これまで数回、進達はこのオジキン＝エアウォーカーと会ったことがあった。そして、そのたびにいつも彼はこうやって格闘大会の開催を求めるか、身体を鍛える修行を提案してくるのだ。

「やいオジキン。お前の島、かなりやばいことになってんじゃねえかよ。特にこの借金スタンプ。デスオジスタンプの所為《せい》でゲームが続行出来なくなるかもしれねえんだぞ」

秋良は隠居を通じて直談判を始める。

「デスオジスタンプ？　ああ、そういえば何やら会議で借金制度の話をした気がするキン。でも、これは画期的な新しいシステムだって僕は聞いたキン。だから……」

「何が画期的だよ。完全に破綻《はたん》した、地獄のようなシステムなんだってこれ。一回ノーカウントにしてやってくんねえか？　それか、ちゃんと借金と貯金を分けて使えるように、修正してくれねえと。システム自体の落ち度は運営側、そっちの所為じゃねえか」

システムに不備があったのなら、運営側がしっかりと責任を負い、ユーザーに謝罪をしなくてはならない。明らかにこの借金システムは初めから破綻しているのだ。オジキンはその説明をにこやかな笑顔でうんうんと聞いた後に、ゆっくりと首を横に傾けた。

「???　うーん。ちょっと、難しすぎて話が理解出来ないキン。すまないけど、筋肉に例えてもらえるかな?」

「だあ!!　こいつじゃ話にならねえ。これならまだおじきちの方が話出来るぜ。おじさん島に戻っておじきちと話をするか!?」

　イライラする秋良に、ぶどう島の管理人のカズネが頭を下げる。

「すまないな秋良君。ご存じとは思うがうちのマスターは、このプロジェクトの中でも完全なる肉体派で、システムだったりルールだったりには一切絡んでないんだ。なんせわかものの時からあにまるコロシアムに憧れて、わかものの立場でありながら拳闘士《けんとうし》になろうとした、超がつくほどの変わり者だからな。それで、あにまるのメンバーにチャンピオンのライオネスを入れているぐらいだから。完全に頭まで筋肉で出来ているんだよ」

「カズネさん。いや、カズネさんが謝ることじゃないですよ」

「だが、管理人はおじさんやあにまる側ではなく、隠居側の立場だからな。そもそもこの島の連中にうまくルールを説明出来ていれば、こんなことにもならなかったんだが。あんまり管理人がプレイヤーに肩入れは出来ないものだから……」

「それこそカズネさんの所為じゃありませんよ。ぶどう島の連中が親のクレジットカードを手に入れた中学生みたいに何も考えずに借金しまくったからいけないんじゃないですか。って、実の兄ちゃん達がいる前で申し訳ないですけど」

「はっはっは！　気にするな。進さんも皆、心配になって駆けつけてくれたんだろう。本当にありがとうな」

「カズネさん……」

本当にここの管理人、翔と巧の妹の石ノ森和音は男前な女性であった。男どもは格闘以外どうしようもないのに、カズネは気風《きっぷ》もよく、頭も冴《さ》えていて、切り盛りも上手《うま》い。それでいて美人ときているし、何故《なぜ》か彼女の服装は水着なのだ。最高以外の何物でもないではないか。

「分かりました秋良さん。私に考えがあります」

そこで進が考えをまとめたようで、皆に向かって話し始める。

「借金システム自体をどうにかするのは賛成ですが、今は今で、私達のやるべきことをやりましょう。このままでは、ライオネスさんが借金を返すために一生岩を砕かなくてはなりません」

「分かった。それで、進さん。どうする？」

「まあ、一番簡単なのは、私達の島のスタンプを譲渡出来たらいいんですけど、多分駄目なんですよね」

それにはカズネが金髪ポニーテールを弾ませながら、大きく頷《うなず》く。

「その通り。物品の譲渡はともかく、スタンプの譲渡は出来ないことになっているんだ」

「なんでだよ！」

「スタンプの譲渡が出来てしまうと、それは即《すなわ》ち貨幣と同じ価値になってしまうからですよ。商売が成立するのは文化的に良いことですが、それがもとで争いが生まれる可能性がグンと高くなるんです」

「なるほど。あくまで島同士は仲よしこよしじゃねえといけねえってことか。だったらどうすりゃいいんだよ！」

「スタンプを稼ぐしかありません。私達も手伝いましょう！　この島のスタンプに貢献するんです！」

進の号令と共に、おじさん島の住民が行動を開始する。

「まあ、ワシはとにかく橋をかけるじゃな!!　ほれ、ライオネスと翔君。一緒にやるぞい」

「お、おうレオン」

「はい、山太郎さん」

よく事情が分かっていないライオネスを真っ先に連れて行ってくれた山太郎に進は感謝する。橋をかけるボーナスはかなり高スタンプがもらえる。それをぶどう島の住民と一緒にやるなら、かなり借金が返済出来るだろう。

そして、何事かと進達の後を追って同盟門《マヴダチゲート》をくぐってきていた子供達も事情をすぐに理解して、行動を開始する。

「それじゃあネコミはチュンリーと他のおじさん達と島のゴミ拾いをするネコ‼」

「ええ？　なんでそんなことをしなくちゃならないのー。めんどうくさいよー」

「俺も、もっと身体を鍛えて早くライオネスに勝てるようになりたいッタイ」

翔の甥《おい》の良太郎と虎族のタイガージェットが文句を言うが、それに対してチュンリーが怒りの嘴《くちばし》を叩《たた》き込む。

「何を言っているでスズメ！　島をこんな荒れ放題にしておいて、何が強くなりたいでスズメか！　本当に強いオスっていうのは、心も強くないと駄目なんですスズメ」

「心も、強く？」

「そうでスズメ！　この島はまず散らかりっぱなしの荒れ放題でスズメ。こんな島が同盟島としてゲートが繋《つな》がっているなんて、恥ずかしいでスズメ。別にやり方に文句つけるつもりはないでスズメけど、お客さんを迎える時もあるんだろうから、もうちょっと、最低限綺麗《きれい》にするべきでスズメ！！」

「は、はい！！」

コリスは他の住民と一緒に小物を作るノルマ。ブタサブロウとパンダは魚を釣ってぶどう島のスタンプに貢献する。スタンプが貯まるたびに、ライオネスの全身をとりまく呪いのデスオジスタンプが消え、浄化されていく。それを見るたびにスタンプが見えるおじさん達はホッと安心しながら、数時間後、最終的にはライオネスの身体からは綺麗さっぱり、デスオジスタンプは消え去ったのであった。

「いやー、愚《おろ》かだった。今回は本当にみんなに世話になったね！」

翔がおじさん島の住民全員に向かって言うと、後ろの石ノ森親戚軍団も同じく頭を下げた。秋良がため息を吐《つ》きながら彼らに苦言を呈する。

「ほんと、あんた達、愚かよね。子供あにまるがいる島より、大人あにまるの方が愚かって、どういう了見よ」

「いや、実は吾輩《わがはい》も目には見えないとはいっても、なんだか禍々《まがまが》しい雰囲気のものが全身を縛り付けているような気持ちになっていたレオン。その邪念を振り払うように岩砕きに集中していたのだが、まさかそんなことになっていたなんて。心から礼を言うレオン」

やはりライオネスにも何かしらの精神攻撃が行われていたようだ。なかなか恐ろしいシステムを、しっかりと吟味せずに施行したものである。

「まったく、このゲームに借金システムはいらないってことだな！　すぐに撤廃してもらうように頼むからな！」

「ですが、そうなったらあの完璧なほど、ギンギンにキャラをキメていたＮＰＯの借金おじさんの役目がなくなるわけなんですね。それはそれで可哀《かわい》そうと言いますか……」

「なに人の良いこと言ってんだよ進さん。あんなＮＰＯ、また別のイベントで使いまわせばいいじゃねえか。ほら、ハサミ持ってんだからさ、工作大会とかの仕切りとかやらせりゃいいんだよ」

「また、雑なことを言うのう、秋良君は」

同情はしても、実際にあのシステムは要らない。やるにしてももっと違う、それこそ返済枠と貯蓄枠を分けるなどの改良が必要だろう、という話で収まった。

「ただなあ。借金システムなんて、一体どの隠居が考えたんだろうな。まさかどこかの島が出した案じゃあるまいし……」

不思議そうに呟《つぶや》く秋良の疑問に、翔が元気よく答える。

「ああ、それは俺達だ！！」

「え？　マジで？」

「ほら、俺達の島は岩を砕くことでしかスタンプを交換出来ないだろう？　最近じゃ岩不足でさ。あんまり貯まらなくなっていたんだ。だから、それならいっそ借金でもしてアイテムを先に手に入れられないかと思ってな！　オジキンに提案したんだ！　そうしたらオジキンも二つ返事でオッケーくれてさ‼」

「………」

「…………」
「…………」
「…………」
「…………」
「…………」
「…………」
「…………」

おじさんも、子供達ですら、何も言えなかった。なんと浅はかで、愚《おろ》かな大人達なのだろうか。

だが、辛うじて会話をする理性を保っていた進が、あることについて尋ねる。

「ちなみに、それってこの島の誰の発案だったんですか？」

「そりゃあうちでちゃんとしたアイデアを出せる頭があるのなんて……」

そういって、翔をはじめぶどう島の他のおじさん、あにまる達が見た先には、ボロボロの迷彩服を着た黒く丸い瞳のあにまる、ハイエナのエナジーがいた。

エナジーはギザギザの歯を覗《のぞ》かせながら笑うと、特に悔しそうでもなく白状した。

「ぐふふ。あにまるが島リーダーやっている俺達の島なら、デスオジスタンプが貯まっても見えないし知らないし、借金し放題、やりたい放題って感じで、いけると思ったんだけとエナな。エナエナエナ……」

「…………」

「…………」

「…………」

「…………」

「…………」

「…………」

「…………」

「…………」

「…………」

「…………」

「…………」

「…………」

そこにいる全員が、疲れた瞳でエナジーを見つめる。

「こりゃあ、今からでも、同盟関係を解消した方がいいかもしれねえな」

秋良がボソッと呟《つぶや》いたその言葉を、否定する者は誰もいなかった。

49　子供達だけでお泊りしよう！（前編）

「いいですかネコミさん。ちゃんと荷物は持ちました？　着替えと食料と、遊び道具に、あ、これはお土産《みやげ》のビールにからあげ、ポテチ、救急セットにペットボトルですから、あちらに着いたら明日夢さんに渡してくださいね」

そう、進はいつもの笑顔でネコミに話しかける。そこは同盟島、フラワー島へと直通で行くことの出来る同盟門《マヴダチゲート》の前である。そこにはおじさん島の子供達がリュックを背負って立っている。その全員が笑みを浮かべ目をキラキラと輝かせてワクワクとした表情である。

そう、今日は子供達だけでフラワー島にお泊りに行く日なのだ。

「よいかコリス。フラワー島はおじさん島と似ているとはいってもやはりそこは別の島なのじゃ。特に森の中に入っていく際は奥へと行きすぎては駄目じゃぞ。迷子になってしまうかもしれん。だから、もし森に入って遊ぶ場合はちゃんと木に目印をつけて、帰ってこれるように工夫するんじゃぞ。分かったか？　そしてその目印というのも同じ○の目印ばかりをつけていても一体自分がどの場所にいるか分からないからのう。×印だったり△だったり☆だったり♡だったりと、パターンを変えるんじゃぞ？　分かったか？　ちゃんと、分かったかのう？　分かったか？」

「うん！　分かったリス、おじいちゃん！　僕は森の中に入っても大丈夫リス。なんだかんだでネコミと同じくらい木登りも上手だし。ちゃんと高い所から周りを見て判断出来るリス」

山太郎の言葉にしっかりと答えるコリスの横では木林がチュンリーに熱心に語りかけている。

「いいですかチュンリー殿。外の世界には危険がいっぱいでござる。あれだけ綺麗《きれい》なフラワー島にも何があるかは分からないでござる。『綺麗な薔薇《ばら》にはトゲがある』って蔵馬《くらま》も言っていたでござるからな。もしもの時は拙者《せっしゃ》が教えた護身術で対応するでござるぞ」

「分かりましたスズメ。確か↓溜《た》めからの↑Kでしたよねスズメ」

「はい。ですがそれだと上手《うま》くコマンドが繋《つな》がらない可能性がありますから、一番は弱キック連打の百裂脚《ひゃくれつきゃく》が効果的ですぞ」

「ちゅん！　正直あんまりよく意味は分からないでスズメけど、分かったです！」

「いいかブタ野郎。絶対に海に近づくんじゃねえぞ。波が高かったり海洋生物がいたりしたら危ないからな。そして森にも近づくなよ。森には何があるか分かんねえし、足元をとられるものがあるからな。かといって砂浜も危険だ。隕石とかが降ってきたら上を遮るものがねえからな。だから、まあ、とりあえずどこにも行くなよ」

「いや、俺向こうに行っても何の身動きも出来ないじゃないかブタ！！！　海も森も砂浜も行ったら駄目だったら、何の意味もないじゃないかブタ。普通に釣りもするし、遊ばせてくれよ！！！」

「いやいや、いいか？　よく聞けよ？　いいか？　よく聞け？　こういう子供だけのお泊りっていうのには落とし穴があるんだよ。絶対にワクワクが最上級まで跳ね上がっちまって、気持ちが開放的になりすぎて何かトラブルが起きてしまうものなんだ。これは絶対にだ。いいか、絶対だぞ。俺だって中学の時の修学旅行であんまりにもはしゃぎすぎて帰りに乗るバスを間違えて東北の学校のバスに乗っちまって、気が付いたら秋田に着いてましたってことがあるんだからよ。こういうのこうやって話したらネタっぽくて笑えるけど、実際経験してみ？　普通に泣くからな。だから、ちょっと自制して、いつもより落ち着いた行動をとるぐらいが丁度良いんだって。だから分かったかよこのブタ野郎が！！！」

「ちょっとどころの騒ぎじゃないブタ。一切身動きとるなって言っているのと同じブタ」

「いや、息とか水飲んだりとかメシ食ったりとかはしろよ！　お前極端だな！　そういうのはしないと絶対にダメだからな。三食食べてしっかり寝るんだよ。それは大事だからな!!　分かってんのかコラ!!」

「……もう、訳が分からないブタ」

どうやら子供達よりもなにより、保護者であるおじさん達の方が完全に浮足立っている、そんな見送りの一幕である。

そんなカオスな状況を眺めて、パンダが呆《あき》れた表情でやれやれと首を振ってため息を吐《つ》く。

「まったく、本当にお主達《ぬしたち》は過保護にも程があるパンダ。たった一泊二日のお泊りごときで、ニンゲンどもはソワソワしおって。もっと堂々としていろパンダ」

「いやいやパンダさん、とはいってもですね。私達おじさんとあにまるさん達は、この世界に来てから初めて離れ離れになるんですからね。これは流石《さすが》にちょっと狼狽《うろた》えてしまいますよ。なんせ、初めてなんですよ？　二回目や三回目ならこんなことは言いませんよ？　初めてですからねなんせ」

いつも冷静な進が今日ばかりはやはり心配で不安な表情をしている。だが、元々子供達だけでお泊りをさせようと提案したのは、進なのだ。

子供達に自分達だけでよその島で生活をさせてみることで、自立した精神と向上心を身に着けさせることが目的である。今でも十分自立は促せているが、実際、おじさん達に精神的に頼っている部分は大きいだろう。これは、もし何かが起きた際でも、子供達だけでも生活していけるようにするための、大事な儀式なのだった。それを体験するには、おじさんとあにまるの拠点を分けているフラワー島が最適なのだ。

と、進は教育的観点では理解しているし子供達にとって必要不可欠であることは分かっている。それを念頭に彼らを送り出せば問題ないかと思われたが、いざそれに向かわせようとしたところで、おじさん達の心境の方に多大な変化が訪れてしまった。

そう、普通に寂しくなってしまったのだ。

前日の、いや、数日前からのおじさん会議でも既にその傾向がみられていて、おじさん達の言葉数は極端に少なかった。

山太郎がビールをちびちびと飲みながら「あと、3日、じゃのう……」などと呟《つぶや》くと進や木林も「ああ……そうですねえ」と深いため息を吐《つ》きながら言葉少なに相槌《あいづち》を打つ、まさにお通夜状態。素直じゃない秋良などは「え？　何が？　何の話？　あと3日って？　じゃがいもの収穫？　それともスタンプボーナスの達成までだっけ？　あはは。あははははは……」などと現実逃避も兼ねて嘯《うそぶ》いてみせるが、その瞳から光は失われていて、逆に痛々しい有様《ありさま》であった。たった一日お泊りさせるのに、まるで娘を嫁にやる父親のような佇《たたず》まいとなってしまっていたのだ。

そうこうしているうちにとうとうその日がやってきてしまい、今の状況に至るというわけである。子供達は準備万端、楽しみで楽しみで今にも飛び出して行きたい状態。おじさん達は何の心の準備も出来ないまま、ただ心が引き裂かれそうな別れを目の前にしている、というまさに正反対の喜劇的状況だ。そもそも、おじさん達側からの提案であったにも関わらず。

「さあ、それじゃあ出発ネコ！！！」

当然、夜になるまでゲートの前で別れを惜しんでいる暇《いとま》などない。大人とは裏腹に子供達は早くフラワー島に行きたくてウズウズしているのだ。

「じゃあね！　行ってくるネコ」

「キバヤシ、きちんとご飯食べてくださいスズメ」

「おじいちゃん、最近腰の調子が良いからって無茶しないでねリス」

「アキラはお腹《なか》出して寝るなよブタ」

「じゃあな愚民ども、パンダ」

そう、各々《おのおの》の相棒のおじさん達に言いのこして、子供達は去って行った。同盟門《マヴダチゲート》は同盟島と直結されている。扉の先にはフラワー島の美しい花畑の丘が広がっていた。

「…………」

「…………」

「…………」

「…………」

◇　◇

「ついたネコ‼」

「まあ、直結だからなあパンダ」

実際の距離としておじさん島とフラワー島がどれだけ離れているかは分からない。島に生息する木々や草花、果物の違いをみると、ひょっとするとかなり離れている可能性もあるが、おじきち達、あにまるワールドの神である「隠居」の神通力から生まれた同盟門《マウダチゲート》のお陰で、距離も時間も吹き飛ばしてすぐに島と島の間を移動出来ているのだ。だが、これも相手方の島に隠居がいることが条件のようで、どこでも好きな所に行ける、という意味ではないとのことである。そもそも、隠居が神通力を使う際にどれだけの労力や疲労、犠牲が必要なのかすら、進達、ネコミ達は知らないのだ。

フラワー島に着いたネコミ達は、まずはこの島のおじさん達がいる拠点を目指す。島リーダーの明日夢に挨拶《あいさつ》をして、お土産《みやげ》を渡さなくてはならない。それが彼女達の第一のミッション「はじめてのおつかい」である。

「にしても、なんでこの島は同盟門《マウダチゲート》をくぐってから居住地まで距離があるんだブタ。一番初めに目の前にお花畑が現れるのは綺麗《きれい》で悪くないけど、ここからおじさんの家は距離があって、更にそこからイヌスケ達、あにまるの居住地となるともっともっと遠くて、森を越えないといけないから、こうやって遊びに行く時はすごく疲れるブタ」

「ふん。フラワー島のおじさんどももしっかりと考えての防犯だと思うがなパンダ」

ブタサブロウはぶつぶつと文句を言うが、パンダはその理由をしっかりと理解していた。それは同盟といえども子供達に何かあってはならないという配慮にほかならなかった。基本、ワープゲートも同盟門《マヴダチゲート》も原則悪用は出来ないようになっているが、もし何かの手違いでわかものの世界と繋《つな》がってしまった場合等を考えると、設置場所を子供達の拠点から離れた場所にしておくに越したことはないのだ。また、同盟といえども、自身の島以外の侵入者が入島した場合、島リーダーの脳内には通知がいくことになっている。おじさん達はそれが判明することで事前に対策を練ることが出来る。おじさん島とは違うが、フラワー島のおじさんはおじさんで、しっかりと子供達を大切にしている証拠であった。

「そう考えると、ぶどう島はあにまるもおじさんだから、安心ネコ」

「……安心なはずの島なのに、他のどこの島よりもだらしないって、それはそれでおかしいブタ」

こういう時に真っ先に引き合いに出されるのがぶどう島であるが、実際問題まったくブタサブロウの言う通りであった。ぶどう島のおじさん達は戦闘力は最高で最強なのだが、生活力やそのあたりでまったく役に立たないポンコツだらけである。あれで生活力があったのならランキングも一位になっていただろうに、なんとも残念な島である。

「いやー、にしてもススム達も、あんなに心配しなくてもいいのになあブタ」

「そうですスズメ。フラワー島には何回も行っているのにスズメ。まあ、子供達だけで行くのはこれが初めてですけど……。昨日もキバヤシから何回も何回もフラワー島での注意事項やもしもの時のお約束を何回も何回も聞かされたでスズメ。もうキバヤシは私がいなくなるのが本当に不安で不安で仕方がないみたいで仕方がないみたいでスズメ〜〜♪」

そう言いながら、チュンリーはちゅんちゅんと鼻歌を口ずさんで、極上に嬉《うれ》しそうである。

「いやー、ですがそうはいっても私達も本当に皆さんのことが心配ですからね。小言も増えてしまうというものです。あ、ネコミさん。そこ、木の枝が落ちていますから、躓《つまず》かないように気を付けてくださいね」

「あ、ありがとうネコ。ススムに言われなかったら気が付かなかったネコ。えへへ」

「そうでしょうそうでしょう。私達はいつもネコミさん達のことを考えていますからね」

舌を出しておどけるネコミに進はえっへんと胸を張り、ネクタイを整えながら答える。

「おや、チュンリー殿の荷物は重そうですぞ。拙者《せっしゃ》に一つ分けてもらえますかの。レディに重たい荷物を持たせるのはオタクの恥！　ですぞ!!」

「分かったスズメ。じゃあこれを、お願いしますスズメ」

そして、チュンリーは木林に肩に掛けたバッグを一つ渡した。

ネコミは、ふと気になって、後ろを見ると、コリスは山太郎に肩車されていて、ブタサブロウは秋良と軽口を叩《たた》き合っている。

そこでネコミはようやく違和感の正体に――――気が付いた。

「にゃにゃー!!?!?!?　なんで皆ついてきているネコ⁉　頭おかしくなっちゃったネコ？」

そう、一体いつからそこにいたのか。当たり前に進達おじさん四人がついてきて、かいがいしく子供達の世話を焼いているではないか。

「いやー、島リーダーとして明日夢さんに挨拶《あいさつ》をしないといけないと思いましてね。ほら、島リーダーとして、ですね。なによりも礼儀は大切ですからね。まあ、島リーダーとして当然のことではあります」

一切悪びる様子もなく笑顔でそんな言い訳をする進。秋良は秋良で少しバツの悪そうな表情を浮かべながらも「まあ、フラワー島はぶどう島に比べたら百倍綺麗《きれい》な所だけど、万が一釘《くぎ》とかガラスとかが落ちていたら怪我《けが》しちまうからな。ちょっとお前達がそういう所に足を踏み入れる前にでも、島を一周回って排除しなくちゃなって、思ってさ」と何やら言い訳がましくぶつぶつと長台詞《ながぜりふ》を言っている。

「ですぞ！　おじさん島にはおりませぬが凶悪な野生動物なんかが潜んでいる可能性がゼロではありませせぬぞ！　危険の排除は我々保護者であるおじさん達の務め！」

「たしか、明日夢君達の集落からイヌスケ達の家までは距離があって、ショートカット出来る川があったんじゃ。それを思い出してな。なので、今からワシがちょっくら橋をかけてくるぞい」

「こらこらこら！！！！　これじゃ何の意味もないではないかパンダ！！！」

完全に我を失って暴走するおじさん達をパンダが一喝する。

その後、怒ったパンダに同盟門《マヴダチゲート》まで戻されて、おじさん達は正座をさせられて説教を受けていた。

「……あのな。お主達《ぬしたち》、これはいくらなんでも過保護が過ぎるぞ！！！　ネコミ達の自主性を重んじて成長、教育を促進するためにこのお泊りを計画したのではないのかパンダ。それをお主達オトナが邪魔をしてどうするパンダ！　心配なのは分かるけれども、それでも時には険しい場所に送り込むのだって必要ではないのかパンダ」

パンダの言葉は完全に正論で、進達の胸に真っすぐに刺さった。

「はい……。あの、パンダさんの仰《おっしゃ》る通りすぎて、何も言い返せません……」

「だけど、心配は心配なのじゃああああ」

「だけどじゃないパンダ!!　このままお主達が一生こやつらと一緒にいられるのか？」

「ぐ……。そ、それは」

パンダのその問いかけは奇《く》しくもおじさん達の心をストレートに抉《えぐ》り取る威力のものだった。そう、おじさんとあにまるは、いつまでも一緒にはいられないかもしれないのだ。それをずっと甘やかしてばかりでは、意味がないではないか。

その説得力におじさん達は項垂《うなだ》れ、猛省を開始した。のだが、パンダのその的確な指摘はネコミ達の胸にも飛び火することとなる。

「……ええ、ネコミ達、ススムとずっと一緒にいられないネコ？」

「……僕、おじいちゃんと離れ離れになっちゃうのリス？」

「…………嫌でスズメ!! そんなのってないスズメ!!」

「あ、それは、今はそういう話ではなくてパンダ。あ、いや、その、可能性の話としては全然ない話ではないパンダけど、いや、本当今はそういうことじゃなく、ススム達にどう分からせて帰らせるかっていう方向性で話をしていて……。お主達は普通に今日は楽しんでいいんだって！！！！！」

そう言い繕《つくろ》うが、ネコミ達まで涙目になって不安そうにパンダを見つめている。

「…………」

これは、まずい方向に火をつけてしまったかもしれない。子供達が来て早々にホームシックになってこのままおじさん島に帰ってしまっては、それこそ本当に何の意味もないではないか。

「って、なんであにまるの王である我がこんな心配までしないといけないパンダ……。と、とにかく‼　今日はお主達《ぬしたち》はついてくるなパンダ‼」

勢いで進達をゲートのおじさん島側へ押しやると、コリスに向かって指示を出す。

「おい、コリス。ちょっとこの同盟門《マヴダチゲート》に細工を頼むパンダ」

「細工リス？」

「ああ、そこにあるツタや葉っぱを使って、入口を封印してくれパンダ。で、その封印を解くには絶対にツタをちぎったり切ったりしないと駄目なようにしてくれ」

「ええと……それだったらこのツタをこうやって、ここに葉っぱを括《くく》り付けて。えと、こんな、こんな感じでいいリス？」

「ああ、そうそう……そんな感じパンダ」

パンダの指示とほぼ同時進行でコリスはテキパキと作業を進める。そして一分も経《た》たないうちに、まるで茨《いばら》の城のように同盟門《マヴダチゲート》は封印されてしまった。

一部始終を眺めながら、嫌な予感を覚えた進が、震える声でパンダに尋ねる。

「な、なんですか、これは？」

「よし、出来たパンダ。もしこのツタが切られていたり、切られた後に修復したような跡が見られたら、我達はあと何日か帰らないでフラワー島に居座るつもりだから、分かったなパンダ」

「ええ！！？？　そんな、無茶苦茶な‼」

「無茶苦茶なのはお主達だパンダ。もういいからお主達はお主達で子供達のいない日をのんびり過ごせたまには！！！！」

そう告げてからパンダは、余計なことを言ってしまったとハッと口に手を当てた。ぶっきらぼうではあるが本音が飛び出してしまったからだ。そう、いつも忙しいおじさん達に休暇を与える、という意味も、このお泊り会にはあったのだ。

「あ、いや、我は……別にどうでもいいのだが、ほら、ネコミ達が……」

どう言い訳しようが、既に手遅れだった。潤《うる》んだ瞳で進が、山太郎が、秋良が、木林がパンダを見つめる。

「そ、そんな、パンダさん。まさか、この機会に私達にも休息を与えてくれよう、なんて、そんな風に思っていてくれていたなんて……そんなに私達のことを考えていただけていたなんて」

「う、う。ワシはなんだか、涙が込み上げてきたぞ」

「拙者《せっしゃ》もでござる‼」

「く、ガキはそんなこと考えなくていいんだよ‼　ったく！　余計なことしやがって！！！」

四人のおじさんが完全に感動に打ち震えていた。もう、究極的に面倒くさくなってパンダは「……うん。もう、それでいいから、我達は行くからな。今日はのんびりするんだパンダ。じゃあな」と静かに呟《つぶや》きながら、他のあにまる達と一緒に後ずさりをして、おじさん達に今度こそ別れを告げるのだった。

そして、ようやくネコミ達はフラワー島のおじさん達が暮らす拠点へとたどり着くことが出来た。そこでは島リーダーの森山明日夢《もりやまあすむ》が出迎えてくれる。

「やあ、皆さん。やってきましたね。少し遅かったから今からこちらから迎えに行こうかと思っていたのですが。おや、進さん達がついてくると皆で賭けていたんですが、どうやら僕は賭けに負けたようですね」

「それは正解ネコ。全員がついてきたから、一旦戻ってなんとか追い返して、そんなこんなしてたら、こんな時間になっちゃったネコ……」

それを聞いてフラワー島のおじさん達は弾かれたように笑う。

「あっはっはっは!!　本当、みんなのことが可愛《かわい》いんだな！」

「笑い事じゃないパンダ。あいつらの過保護は度を越えているパンダ」

「まあ安心するんだな!!　ここには俺みたいな凄《すご》く強く、そして美しい筋肉を持ったおじさんがいるんだからな！　いいか皆。滞在中に何かあったら、すぐに俺を頼るんだぞ！！」

ブーメランパンツ一丁であにまるワールドに飛ばされてきたボディービルダーの力《りき》がその肉体美を見せびらかしながら子供達に語りかけるが、彼への対応は慣れたもので、子供達はうんうんとなんとなく頷《うなず》きながらも、明日夢にお土産《みやげ》を渡して話を進めるのだった。

「これ、ススムからネコ」

「おお！　ありがとうございます。またビールを持ってきてくださったんですね！」

「川で冷やしてきますね」

博昭《ひろあき》が、嬉《うれ》しそうに明日夢からビールを預かると猛ダッシュで川へと駆けて行った。基本的にクールな雰囲気の博昭でさえ一瞬で笑顔に変えてしまうビールに、ネコミは不思議な力を感じる。

「やっぱりびーるって凄いものネコ。おじさんはみんなびーるが好きネコねーー」

「まあ、まったく飲めない人もいますけどね。ぶどう島の翔さん達はビールやお酒はまったく飲めませんしね」

そう、だから進達もぶどう島との同盟の際、秋良のビールを武器に出来なかったという経緯があったわけである。

「だけど、ライオネス君なんかは完全にはまっちまったって聞くぜ。一人（一頭）でわざわざおじさん島に通ってはビールをもらいに来ているそうじゃないか」

「そうリス。そしてライオネスはそのままタキに打たれにいって、オンセンに入ってカラアゲを食べながらビールを飲んで咆哮《ほうこう》しているリス」

「あっはっは。もうスパじゃないか。ライオネス君も立派なおじさんの仲間入りってことだ。そういう生活は最高だねえ。僕も憧れるよ」

麦わら帽子を被《かぶ》った、農家の良《りょう》がニコニコしながら、ライオネスの行動を羨《うらや》ましいと笑う。

「ライオネスは毎回ススムにりちぎにきょかを取りにくるんだけど。もうそれもめんどうくさくなったからって、ススムがねんかんパスポートをライオネスに作って首からかけてあげたネコ」

「それを持っていたらいつでもおじさん島に来て、タキやオンセンを楽しめるというものなのでスズメ」

「あっはっは‼ ライオンの首に鈴、ならぬ、年間パスポートとは、また面白いですね」

首に年間パスをかけられたライオネスの姿を想像してフラワー島のおじさん達は吹き出してしまうのだった。

それからおじさん達としばらく談笑をして、ネコミ達はイヌスケ達の集落へと出発することとなった。

「それじゃあイヌスケ達の所に行ってくるネコ！」

「はいはい！　気を付けてくださいね」

既に博昭がビールを冷やしに行ったその足でフラワー島一番の背の高い木に陣取っているだろう。彼は無事にネコミ達がイヌスケ達の元に行くのを見届けるはずだ。もし転んで怪我《けが》などをした場合、地上班の明日夢達に伝わるように合図用のライトも装備している。なんとも回りくどいが、これがフラワー島の「あしながおじさん」的やり方なのだ。

フラワー島のあにまるはネコミ達より少し年上で、人間の子供でいうなら小学校高学年から中学生ぐらいなので、色々と難しい年頃なのだった。いつもべったりというわけにもいかず、かといって放っておいて完璧に自立出来る年齢でもない。なので、明日夢達は遠巻きに彼らを見守りながら、何か困ったことがあったら手助けするように常日頃から心がけているのだ。

元々、わかものに大きな不信感があったヒツジロウと共同生活をすることが出来ず、やむを得ず距離をとって支援する形だったそのやり方が意外とおじさん、あにまるの子供達双方ともに合った生活方法だったようで、信頼関係を築いた後もなお、居住を別々にしているのだった。

勿論《もちろん》、あにまる達も何か困ったことがあったら今ではおじさん達に相談するし、おじさん達はおじさん達で、農作業等、何か手伝ってほしいことがあったらすぐに協力を要請することにしているので、彼らの関係は良好といえた。

過保護ではないけど、遠くからじっくり見張っていて、距離は遠いけど、近くにいるのと同じだけ見守られている。ちょっと気持ち悪いが、イヌスケ達も、自分達とおじさんにとっての距離感というのは、これが一番正解だと分かっているので、フラワー島は上手《うま》くやっていけているといえよう。

島にやってくるおじさんとあにまるの選別というのはその島を司《つかさど》る隠居が行う。

隠居によってその島それぞれのテーマがあり、集められるおじさん達の特性が違うのだ。勿論、苗字《みょうじ》に「森」がつくことは絶対条件のようであるが。おじさん島は究極的に人の良いおじさんが集められ、フラワー島は平和主義でロックなおじさん。ぶどう島は兎《と》に角《かく》強いおじさん。先日ぶどう島との同盟の際に来ていたおじさん達の島にもそれぞれ特色があるように思えた。小太りなおじさん小森健三郎が率いるショーバイショーバイ島は、お店の店長ばかりを集めていた、商売に特化した島のようだし、特攻服にリーゼント、グラサンの森之丞佑季がいる天上天下唯我独尊島は完全にヤンキーおじさんの島。警官の森田雁馬の島、ＧＡＮＭＡ島は、公務員の島のようである。

では、あにまるの方にも何か適性が考えられているのかと思ったが、あにまる側に関しては「年齢」がある程度固まっているだけかと思われる。あにまるの年が幼児と子供と青年、のようなマチマチな島は今のところ存在しない。だが、種族だとか性格に関しては島それぞれであるから、結果的にはおじさんとあにまるの相性というものもしっかり考えているのではないだろうか。

進達、おじさん島は、バランス良く手に職のあり、そして「誰かのために行動が出来る」おじさんが選ばれている。そこにネコミ達、人間でいう小学生低学年から中学年の子供達が集められて、しっかりと保護、教育をされているのだ。

フラワー島には隠居のおじろうが集めた花屋の明日夢に農家の良、観測員の博昭と、「自然を育むおじさん」がいる。ボディービルダーの力だけは何なのか分からないが「ほぼ裸という服装が、自然に一番近い存在」という拡大解釈でなんとか皆納得している。当の本人は細かいことを気にしない性格なので、あまり問題にもなっていなかった。

そのように、おじさんとあにまるの相性も考えられてこの『はたらけ！　おじさんの森』プロジェクトは進んでいるのだった。

50　子供達だけでお泊りしよう！（後編）

森を抜けて、ネコミ達はフラワー島のあにまる住民、イヌスケ達の居住区へとやってきた。そこは明日夢達が作った家を更に山太郎が改良していて、とても住みやすい環境となっていた。

「イヌスケー！」

「ネコミ！　遅かったイヌ。どうせススム達がついてくるなって言ってもついてきて、一度ゲートに戻って追い返したりしていて、遅くなったんだなイヌ」

「大正解ネコ！　流石《さすが》イヌスケネコ」

ネコミに褒められてえへんと鼻を鳴らすイヌスケ。彼の他にも馬族のウマコ、羊族のヒツジロウ、麒麟族《きりんぞく》のリンタロウがネコミ達の到着を今か今かと待ち構えていた。

おじさん達がついてこなかったことに関しては、進のことが大好きなヒツジロウが、残念そうに口を尖《とが》らせて身体をモコモコと丸める。

「そうか。僕はススムが来てくれても全然問題なかったけどねヒツジー」

「それじゃあなんの意味もないだろうがパンダ。島の皆で普通に遊びに来ただけになるパンダ」

　パンダの年齢は10歳なので、イヌスケ達よりは年下なのだが、この世界における王様の種族ということもあり、気が付くと保護者のような口ぶりであにまる達にツッコむようになっていた。

　――まったく、保護者ではなく、王だぞ我は。まったく……。

　そんな自分の変化にパンダは内心忌々《いまいま》しくため息を吐《つ》く。

「今日はこの小屋で皆で寝ようと思っているイヌ」

　海岸よりも森側の地点に、小さな小屋が建っていた。今日のために明日夢達と協力して建てたゲストハウスらしい。

「うわあ！　寝る時は沢山お話ししようネコ。今日は特別にススムから夜更《よふ》かしもオッケーもらっているネコ」

「ご飯も自分達で作るんだキリン。だけど、まだ来たばっかりだから、とにかく遊ぼう‼」

「やったーー‼」

「楽しみリス！」

　リンタロウが宣言すると、全員が嬉《うれ》しそうに歓声をあげる。

「なにして遊ぶスズメ」

　ワクワクが止まらないチュンリーとネコミに、ウマコが提案をする。

「私達が育てている花畑に新しい花が咲いたウマ。とても綺麗《きれい》な、紫色の花で、アスムがいうにはあにまるワールドのガトリングの花とアスムの世界のスイートピーが掛け合って出来たんだってウマ。それのボーナスで50オジを手に入れることが出来たウマ」

「ええ！　それはぜひ見たいネコ」

「早速行きましょうスズメ」

「髪飾りにして、ネコミにプレゼントするウマ」

「にゃあ！　めちゃんこ嬉《うれ》しいネコ！」

そうして女子組はきゃあきゃあはしゃぎまくりながら花畑のある丘へと駆けていくのだった。

ブタサブロウはリンタロウから新しい釣《つ》り竿《ざお》を自慢されている。

「うわ！　これが新しいスタンプの竿ブタか」

「そうキリン。アップデートの時に竿もリニューアルしたっていって、アスム達が良いヤツにしてくれたんだキリン。ほら、軽くて、糸を引く時の巻き取りもかなりスムーズになっているんだキリン」

「ふーん……」

ブタサブロウは知っていた。事実、アップデートでリニューアルというのは間違っていないが、実際のところは「高性能釣り竿」という少し多めのスタンプで交換出来る竿になったということを。それを明日夢達はまた教えずに（リンタロウ達に気を使わせないために）やりくりをしているようだ。こういう所はやはりいつまで経《た》っても「あしながおじさんがりたがる」というか、変わらない、この島の特色なんだろうと、ブタサブロウは内心苦笑してしまった。

「ええー。でもこんなに軽くて細くて、大丈夫なのかブタ？　すぐ折れちゃったりするんじゃないかブタ」

「それがね、凄《すご》く柔らかくて硬いちたんという素材を使っているらしいんだキリン」

「ええーー。いいないいな！！　スタンプの竿ってないからなうちは」

「たしかに。僕が作っている竿がメインリスね」

そう、おじさん島は基本的に自前で用意出来るものは自作してしまえ、というのがルールなので、スタンプでしか手に入らないものならともかく、今更釣り竿をスタンプ交換しようという話にはならないのだ。例えるなら自前のおもちゃばかりで、市販のおもちゃやゲームを持っていない家、という感じである。なので、コリスはそのチタン製の高級釣り竿をじっくりと観察して、勉強し始めるのであった。

「へー……。ここがこうなっていて……。なるほど。ふーん、あ、この糸はどういう感じで巻き取っているのかな……あ！！　なるほど。こんな小さな巻き取り機で、ここを弄《いじ》れば巻けて、ここでロックをかけられるように……へー。面白いリス」

ブタサブロウ達が各々《おのおの》釣《つ》り竿《ざお》を持って遊びに行った後も、コリスは楽しそうにずっと釣り竿を観察していた。


あにまるの中でもネコミは人気者であった。

ネコミが花畑の花を見て、冠を作っているところに、イヌスケが遊びに誘ってくる。

「ネコミ！　僕と泳ぎの競争しようよ!!」

「えー。ネコミはここでお花とかを愛《め》でているのが楽しいネコ。あ、ほら、これはイヌスケにあげるネコ」

そうして頭に色とりどりの花で作られた冠を大人しく載せられるイヌスケ。

「もう、何個花飾り作れば気が済むんだイヌ。ほら見て！　あそこに小さな島があるでしょ？　あそこにブランコとかシーソーなんかをアスム達が作ってくれたんだ。ブランコを漕《こ》いで海に飛び込んだり、シーソーで大ジャンプして海に飛び込んだりしたら、最高に楽しいイヌ！」

「ほう、それはつまり、ブランコのふりこのほうそくとか、シーソーのジャンプ台のげんりなんかを実験出来るということネコかね？」

「その通りだイヌ！」

丁度明日夢の授業で習っている物理の話になぞらえて言うと、すぐにネコミもウズウズしてきて尻尾《しっぽ》を振る。

「それならネコミはいかなくてはなりません。おべんきょうですし、実験ですからネコ。じゃあ。チュンリーとウマコはもっと沢山花飾りを作っておいてくれネコ」

「あはは。わかったウマ」

「気をつけていってらっしゃいスズメー」


「ひゃっほおおおおおおおネコおおおおおお！！！」

小島までは十数メートル離れている。ネコミとイヌスケはざぶんと海に飛び込んでそのままがむしゃらに泳ぎ始める。

ネコミは海の中に潜ると、その透き通った綺麗《きれい》な景色に目を奪われる。水の色は青ではないと教わってもやはりそれは澄んだ青に見えるし、空を泳いでいるみたいだ。深く潜る。涼しくて気持ちが良い。底に藻のような、黄色や赤色の海草が沢山揺らめいているのが見える。

——ああ、あの草はおじさん島でも見たことあるネコ。あ、でもあんなギザギザした形の岩はおじさん島にはないネコ。同じだったり違ったり、面白いネコ。

とにかくおじさん島と比べてしまう。それは無理もない。ネコミ達にとっておじさん島は全世界と等しい、彼女達の全てなのだから。

——ああ、そうだ。小島に行かないとだネコ。

ネコミが当初の目的を思い出したまさにその時、隣をイヌスケが静かに泳いでいた。

目が合うとイヌスケは目を横にすーっと細めて笑った。

——楽しいイヌね!!

——分かったネコ！　どちらが先に小島につくか、競争だって言っているんだね！　ネコミは負けないネコ！

ネコミは足に力を込めて、素早く水を蹴る。小刻みに、力強く。蹴れば蹴るだけ推進力がついて前進する。そして、何故《なぜ》だか突然自分を引き離そうとするネコミに負けじとイヌスケも手足をばたつかせて凄《すご》い速さで隣についてくる。

——にゃはは。イヌスケも速いネコ。凄いすごい。

後ろをついてくるイヌスケを眺める瞳の端に、魚を捉えた。

——あ。魚だ！　捕まえよう!!

勝手に競争をしていたのに、あっという間に目の前の魚に気を取られてしまうネコミ。

突然向きを変え、魚を追いかけ始めるネコミに少々困惑しながらも、それでも健気についていくイヌスケ。

おじさん島でも同じように海で泳いだり魚を追いかけたりするのだが、それともまた違ったワクワクを感じていた。やはりよその島に子供達だけで遊びに来ているという解放感からなのだろうか。

当然、おじさん島に来る前の、施設に入れられている時は、遊ぶ時間などなく、ただわかものの為の仕事と、将来わかもののためになるための教育を受けていただけだった。

それが、こんなに自由に海を泳ぐことが出来る日がくるなんて、夢にも思っていなかった。

だが、ふと頭をよぎることがある。

――自分達だけが、こんなに楽しい思いをしていて、良いのだろうか。

あにまるワールドにはまだまだ沢山わかもの達の下で働くあにまる達がいて、施設に入れられている子供達がいる。ネコミ達はたまたま、偶然、運良くおじきちに選ばれ、そして『はたらけ！　おじさんの森』プロジェクトに組み込まれただけに過ぎない。

なのに、こんな天国みたいな生活を、自分達だけが送っていて、いいのだろうか。そう思うのだ。

だから、ぶどう島の翔やライオネスがやってきて、わかもの達に反抗するという話を聞いた時は、怖さと不安という感情と同時に、どこか期待も抱いた。

心に罪悪感があったのだろう。自分達だけが天国にいることへの、申し訳なさ。それも自身の努力でもなく、運でその場にいるということ。

当たり前と思っていたわかもの達の下での生活が、違う暮らしを、世界を知ってしまった今では異常であることが分かる。

だけど自分にはそれを変える力も無ければ、考えも無い。奇《く》しくもフラワー島に来る前の会話であったが、ある日突然、進達が、おじさん達が消えてしまったら、どうすればいいのだろうか。自分達だけではどうにもならなくなり、わかもの達の支配下へと戻るしかないのだろうか。

それともライオネス達のように反わかもの勢力と一つになって、わかもの達から追われることとなるのか。一体、どうすればこれからのあにまるワールドを良くすることが出来るのか。それが、本当に自分に出来るのか。考えれば考えるほど、答えは出ない。糸口すら見えない気持ちにもどかしさだけを募らせた時が、ネコミにもあった。

そんなネコミの気持ちに気が付かない進ではない。総てを見透かした島リーダーから、ある日こんな言葉をかけられた。

「ネコミさん達が楽しんで遊び、学び、成長するこの島での暮らしは、きっといつか、この世界に住む全てのあにまるさん達の糧《かて》になり、勇気となります。だからネコミさん達が今しなくてはならないことは、もっともっと楽しんで遊び、学び、生活することなんですよ」

楽しむこと、学ぶこと。それが今のネコミの使命だと断言してくれた進を信じて、ネコミは迷うことなく遊ぶことにした。学ぶことにした。それと同時に、迷うことなく、迷うことにした。

「不安になることだって、悩むことだってあると思います。そんな時は立ち止まっても良いんですよ。その迷いだって迷うことだって余《あま》すことなく、ネコミさん達の未来の糧になるんですから、間違いなく」


「ススム！　見てネコ！　ネコミ、サカナを捕まえたんだよ！　ほめてネコ!!」

両手に余るほどの大きな魚を抱えて水面から顔を出して叫ぶネコミ。気が付けば進の名前を呼んでいた。だけど、当然そこに進はいない。

「………にゃにゃ。あはは！　そうだったネコ。今日はススムはいないんだった」

照れたようにネコミは笑った。つられてイヌスケも楽しそうに笑う。ネコミとイヌスケが目指していた小島で釣りをしていたブタサブロウがぶーぶーと文句を言ってくる。

「こらネコミ！　イヌスケ！　俺とヒツジロウにリンタロウがここで釣りしているってのに何でバシャバシャ泳いでくるブタ！　その魚だって俺が狙っていたのに!!」

「にゃにゃん！　ゴメンゴメン。ちょっとはしゃいじゃったネコ。だけどブタサブロウ、どこに行ってもいっつも釣りばっかりして、折角《せっかく》遊びに来たのに、普段と何も変わらないネコ。もっとちゃんとここだけで出来ることを楽しんだ方がいいと思うネコ」

そういわれると、痛い所を突かれたと、ブタサブロウは顔をしかめる。

「ってネコミだっておじさん島でも泳いでいるブタ。俺のこと言えないだろうがブタ」

「あはは、ブタサブロウが僕達のことを何度アキラって呼び間違えたかって、ネコミに教えてあげようかキリン？」

「ぐ、それはやめてくれブタ……」

シーソーとブランコで遊びながら笑うリンタロウとヒツジロウ。少し照れたようにしかめ面をみせるブタサブロウに、素敵な提案をする。

「それなら、オヌンガのヌッグをやろうよキリン」

「そうだヒツジ。オヌンガのヌッグヒツジ」

「分かったブタ！　オヌンガのヌッグブタ‼」

それから子供達は日が暮れるまでたっぷり遊んだ。獲った魚を調理して、ご飯を食べて、一緒に片づけをして、あにまる九匹で並んで横になった。


「それじゃあ、ススムVSアスムだね。行くネコ。ススムは初めてネコミに会った時、怪我《けが》しているネコミの足にクスリを塗ってくれて、おんぶもしてくれたネコ」

「アスムは僕達のために家と集落をつくってくれたイヌ」

「ススムはスーツが凄《すご》く似合ってすてきネコ」

「アスムはエプロンが似合うイヌ」

「ススムはソウムの力が凄くてめちゃんこ強いし、ヤマタロウとかアキラとかの能力を凄くはっきできるようにやっているネコ」

「アスムは普段は何も言わないけど、僕達がピンチだったり困っていたら絶対にやってきてくれるイヌ」

「ススムのネクタイはお洒落《しゃれ》ネコ！」

「アスムは眼鏡が似合うイヌ」

「ススムの声は優しくて良いネコ」

「アスムの声はイケボって、キバヤシも言っていたイヌ」

「ススムはタキに打たれる時にはくふんどしはとてもせくしーで、めちゃんこ格好良いネコ」

「アスムはバンドで弾くギターもうまいし、歌も凄く上手イヌ！」

「ススムの歌は、なんかへんてこネコ！」

「アスムは花の知識が凄いから、どんな花でも綺麗《きれい》に咲かせることが出来るイヌ」

いつの間にか、それぞれの島のおじさんの好きな所を言っていくゲームが始まっていた。

「ススムはソウムが上手ネコ！」

「アスムは花が似合うイヌ！」

「ススムはネコミが床で寝てしまったら、抱っこしてベッドまで運んでくれるネコ！」

「アスムは僕達が作業中に困ったことがあったら、すぐにどこからかやってきて助けてくれるイヌ」

「ススムはかわいいネコ！」

「アスムは眼鏡イヌ！」

「ススムはよくニコッて笑うネコ」

「アスムはたまにすごく笑うイヌ」

さっき言ったことも重複して何度でも言いたいネコミとイヌスケ。それはいつまで経《た》っても終わらずに、夜が明けるまで続くぐらい、子供達はおじさん達の好きな所を沢山述べていくのだった。

「アスム達は今でも、イヌスケ達を見ているのかなネコ」

「見ているよイヌ。アスム達は、僕達が見られているって知ってからは開き直って、堂々と木の上に大きな小屋を建てたんだ」

「『モノミヤグラ』っていうんだってウマ。そこからいつも交代で私達を見てくれているウマ」

「うん。なんだかキモイ感じもするけど、この島もおじさんとあにまる、ちゃんと仲良しネコね」

ネコミが率直な感想を言うと、フラワー島の子供達はおかしそうに笑った。

「えーと、あと、ススムの良い所はね。えーとえーと、あと。……ススム達、もう寝たかなネコ」

「寝ているに決まっているブタ」

「ネコミ達がいなくて、寂しい気持ちになっていないか、しんぱいネコ」

「そうですスズメ」

「おじいちゃんも一人で寝れているかなリス」

「………にゃあ」

気が付くと、いつの間にかネコミはポロポロと涙を流していた。

ネコミだけじゃない。ブタサブロウも、チュンリーもコリスも、おじさん達を思い出して寝ながら泣いていた。

「ふん。ほらみろ。あれだけ過保護についてくるから、こいつら、まんまとホームシックになってしまったじゃないかパンダ」

パンダだけは泣いていなかったが、他の四匹を馬鹿にすることもなく、それ以上何も言葉を発しなかった。

イヌスケ達もそんなネコミ達を優しく笑って見つめながら、その日は全員で手を繋《つな》いで眠りにつくのだった。

◇　◇

「さて、そろそろ皆寝た頃かな」

物見櫓《ものみやぐら》から眺めている明日夢は独り言を呟《つぶや》く。

無人島生活に時計はないので、星の位置等で時間の経過を計ることに慣れてしまった。

流石《さすが》に毎日、夜まで子供達の様子を窺《うかが》うことはしないが、今日はよその島からのお客さんが来ているので特別厳戒態勢である。ビールをちびちびと飲みながら、夜風に吹かれて子供達が寝るのを（遠くから）見守る。普通に花屋として生活している時には考えもつかなかったことであった。この島で進からビールを差し入れされて飲んだ時は久しぶりの味ですっかり酔っぱらってしまったが、しばらくするとアルコールにも慣れて、ふらふらにならなくなっていた。

植物が好きで、家で花の種などを植えていた母親の影響からか、中学では園芸部に入り沢山の草花を育ててきた。女子部員だらけの中、興味のある花を世話するのは楽しかった。ただ、高校になるとやはり少し反抗期を迎えて、明日夢はその反動からか軽音楽部に入部したのだった。ただし、花が好きなのは変わらなかったので、園芸部との兼部ではあったのだが。

ビールを飲みながらそんなことを思い出しながらも、少し前から、よその島からのお客さんが来ていることに、明日夢は気が付いていた。

「来ましたね進さん。ビールのおかわりを持ってきてくれたんですか?」

「どうも、明日夢さん。子供達の様子はどうですか?」

振り返ることなく、進の来訪を当てる明日夢。島リーダーだけが使える脳内レーダーには、訪問者の名前も今では記されるようになっているのだ。進はガサゴソと袋に入ったビールを取り出すと、明日夢の横に置いて、隣に座った。

「子供達は楽しそうに一日を過ごして、さっきまで小屋も賑《にぎ》やかでしたけど、もう寝てしまったみたいです。静かになりました」

「そうですか。それなら良かったです。初めて登りましたけど、ここは凄《すご》く見晴らしが良いですね」

「うちの良さんが山太郎さんからアドバイスをもらって、設計して作ったんですよ」

会話をしながら、二人は缶を開けると、小さくぶつけあい、乾杯をする。

「というか、いいんですか? パンダ君が言っていましたよ。同盟門《マヴダチゲート》に細工をしたから、進さん達は来れないって」

「ふっふっふ。大丈夫です。同盟門《マヴダチゲート》の封印はそのままです」

「それは、どういうことですか？」

「新しいワープゲートを使って、やってきましたから」

「…………」

それには流石《さすが》の明日夢も絶句してしまった。それは即《すなわ》ち50オジのスタンプを使ってワープゲートを作った、ということである。

「また、そんな無駄遣いをして……。進さん、何をやっているんですか？」

「まったくもって明日夢さんの仰《おっしゃ》る通りなのですが、見てください私の手を」

「手、ですか？」

見てみると、進の手にはフラワー島のおじろうのスタンプが無数に押されていた。

「ああ、それは、同盟スタンプですね。そうか、ネコミちゃん達がこの島で花を育てたり、魚を釣ったり料理を作ったりと、ノルマをこなすことで、島リーダーの進さんにスタンプが押されたんですね」

「それだけじゃありません。そもそも『かわいい子には旅させよ』というシークレットもあったみたいで、子供達を見送ってからしばらくしたら私の手に大量のスタンプが押されたんですよ」

つまり、あにまるを自立させる働きかけに関してもスタンプが発生するということのようだ。一体この『はたらけ！　おじさんの森』プロジェクトはどこまで未来を予想しているのだろうか。だが、かといってそれをおじさん達が勝手に使って良い理由にはならない。

「子供達が手にしたスタンプを使ってワープゲートを交換したんですか？　子供のお年玉でゴルフクラブを買う駄目な父親になってしまいますよ」

眼鏡の奥から鋭く、細い視線を投げかける明日夢に、進は慌てて反論する。

「ああ、いやいや。違いますよ。このワープゲートを使用したスタンプは以前から貯めていた個人スタンプでして。要は、ポケットマネーならぬ、ポケットオジー、というやつです。えっへん」

おじさん島は、初めこそスタンプの用途に関しては全員で話し合って決めてきた。だが、島生活が軌道に乗るにつれ、スタンプはコンスタンスに手に入るようになり、備蓄も増えてきた。なので、おじさんやあにまるの子供達が個人で自由に使えるスタンプ枠も生まれたのだ。勿論《もちろん》、ノルマや、個人のランキングをつけることはしないが（スタンプランキングをつけると圧倒的に木林が一番になる）会議にかける必要がない、個人的に使えるスタンプというものをおじさん、あにまるの子供達ともに、振り分けている、ということである。

「へえ。うちは結構大判振舞いではありますね。子供達が欲しいものがあったらイヌスケ君が代表して言いにきてくれて、それを交換してあげる、という風に今はしています」

「お小遣い制ではなく、欲しい時に欲しいだけもらえる、裕福な同級生にたまにいた羨《うらや》ましいパターンですね。フラワー島さんはお花と農業の事業がしっかりと軌道に乗っていますからね。こう言ってはなんですけどやっぱり手堅いのは自然に根差して、常に一定の収穫が望める事業ですね。博打《ばくち》みたいなものをいくら推進しても、一回こっきりで終わってしまっては仕方ないです」

明日夢達の島経営の手腕を、進は物凄《ものすご》く買っていた。おじさん島のスタンプ入手に関しては、清掃や掃除などのコツコツとルーティーンを進めることがメインで、フラワー島の花や野菜を育てるような、産業がない。どちらかといえば、木林が引き当てるシークレットノルマに依存しているぐらいなのだった。

「ですが、先ほど仰《おっしゃ》ったように、おじさん島もスタンプの備蓄も出来ているし、借金しなければならないわけではないでしょう？」

「あはは。ぶどう島さんのように、ですか」

「あれは僕も驚きましたけど。ああいった隙間《すきま》のあるシステムに見事に引っかかるなんて」

「ライオネスさんなんてかわいそうに、全身借金スタンプだらけで、完全に呪われたライオンでしたよ」

翔やライオネス達には悪いが、進と明日夢は彼らの話で笑い転げてしまった。進と明日夢がサシで飲むのは初めてだったが、お互い島リーダー同士というのもあり、気が付けば身の上話をし始めていた。

「進さんは元々会社員で、総務さんでしたよね」

「そうですね。総ての業務を司《つかさど》る者、それが総務です」

「あはは。素敵です」

特にこの二人だとツッコミが存在しないが、穏やかな空気感で会話が弾むのだから不思議なものである。

「明日夢さんはお花屋さんだったとお聞きしてますが、店長さんだったんですか?」

「そうですね。なんだか気が付けばそういう風になっていました」

「それじゃあ、0から起業されたということですね。凄《すご》いですね。尊敬します」

「いえいえ。なんとなく昔から花が好きで、花屋でバイトなんかしているうちに、そのまま花屋さんになってしまったってだけですよ」

「だけですよって……開業されているわけでしょう? 山太郎さんも翔さんもそうですけど、自分で会社を、店を立ち上げられるのは凄いことだと思いますよ」

「まあ、店員も数人の小さな花屋ですし。実際は昔から働いていた花屋さんを、継ぎ手がなくて譲り受けた感じなので、手続きなんかも先代の方でやってもらったんですよ」

「へえ、そうなんですね。明日夢さんのお師匠さんですか?」

「ああ、まあ、そんなものですね」

どれだけ言っても謙遜しかしない明日夢に進は苦笑いを浮かべながら再びビールを口に含んだ。

「お花屋さんってどうやってなるんですか？」

「特に資格が必要というわけではないんですが、勿論《もちろん》花に対しての知識は絶対に求められますので、学校に行って学ぶ人は多いですかね。僕は農業大学で学びましたね」

「ほう。そうなんですね」

「進さんも合気道をやっていたんでしょう？　それを続けて、道場を経営したり、なんて考えなかったんですか？」

「特にそのつもりはなかったですね。元々が父親との約束みたいなものがあって」

「へえ、お父さんが有名な合気道家だったり？」

「いえ。そんなことありませんよ。うちの父は普通の会社員でした。ですが、父の父、祖父が道場をやっていまして、それで父も幼い頃から習っていたんです。そして、父も自分の子供にやらせようとしたのですが、私には姉が四人いるんですけど誰もやりたくないと……」

「それで、進さんに白羽の矢が立ったと？」

「その通りですね。私はそもそもあんまり身体を動かしたりは苦手でした。武道なんかも好きではありませんでしたしね」

「でも、合気道って、格闘とは違うんですよね？」

「そうですね。勝った負けた、というような試合がありませんから、そういう意味では意外と私に向いていたのかな、とも思いますね」

「なるほど。それでライオネスさんを倒してしまうんだから、とんでもないですけどね」

「あれはまあ、たまたまですよ」

「たまたま、ですか？」

「ええ、たまたまです」

進の惚《とぼ》けた言い方がツボにはまり、明日夢は吹き出してしまった。

そうしてお互いの身の上話をしているうちに二人で数本ビールを開ける。そこそこ酔いが回ってきたところで、そのままのテンションで進が世界の核心について尋ねる。

「明日夢さんは、この世界をなんだと思っていますか？」

「え、僕は普通にゲームの世界だと思っていますよ」

至って普通に明日夢はそう答えた。そもそもがあにまるという存在や隠居による不思議な力など、説明がつかないことが多すぎる。その「不思議」を全てひっくるめて、ゲーム世界に入り込んだと考えるのが一番妥当だと思っているのだ。

「確かにゲームっぽい形式だったり、しますけどね。そもそもが私達は『あつまれ！あにまるの森』を買おうとして、いつの間にかこの世界に呼び出されたおじさん達ですしね。それなら、ここはどういったゲームの中なんでしょうか？」

「それは決まっていますよ。進さんがご自身で仰《おっしゃ》ったじゃないですか。『あつまれ！　あにまるの森』の中に入ってしまったのでは？　と、答えたいのですが、システム的なものやキャラクターなんかも、ちょっと違うんですよね。パロディワールドといいますか……。ノルマやスタンプは完全に『あに森』なんですけどね」

「そうなんですよね。それに関してはおじきちさんが私達の世界の『あに森』を参考に『はたらけ！　おじさんの森』プロジェクトを開始させたと言ってました」

「となると、このあにまるワールドというものはゲームに近い異世界で、神様的な存在の隠居、おじきちさん達に我々は送られてきたと？」

それに関して、進は曖昧《あいまい》な表情で頷《うなず》く。

「完全にそうとは限りませんけどね。元々わかものさんはこの世界にいなかったというんですよね」

過去にこの世界の王族であるパンダ一族が願って「わかもの」を連れてきた、という話を聞いたことがある。「キングあにまる時代」という、あにまるだけの時代があったが、あにまるのサポートをさせようとパンダ一族がニンゲンを呼び出した、と。

「サポートを呼び出す、というのは、召喚したということなんですか？」

「呼び出す、ですからね。だから、ここがゲームというよりか異世界である可能性もあるんですよね。まあ、どちらにしてもなんでもありなんですけど」

「ゲーム世界か、異世界。どちらにしても現実とは違う、ということなんですね」

「あとは、それとはまた違った、チェス盤をひっくり返すような仮説もありまして」

「なんですか？」

「……」

自《みずか》ら言いだして、問い返されたにも関わらず、進はしばらく語りださなかった。神妙な表情で、一口ビールを啜《すす》り、ある出来事について話し始めた。

「実はですね、私と秋良さんが現実世界でおじきちさんと出会った時の話なのですが。おじきちさんに身体の動きを止められまして」

「ほう」

「金縛りみたいに、身体を。それに、おじさん以外の方にはおじきちさんは見えていなかったんですよね」

「それは不思議ですね。でも、それなら異世界的な考えに近いのでは？」

そう、普通に異世界的なものと考えて、超常現象が起きている、と解釈すれば特に違和感はないはずだ。なにもチェス盤をひっくり返す話でもないのだが、進は何を言いたいのだろうか。

「異世界だと考えると、まあ、そもそもが不思議なことが起きているので、何が起きたっておかしくない、と言われてしまえばおしまいなんですが」

「いや、進さんの言っていることは分かります。それでも何か理屈を見出すなら、という話ですよね？」

どれだけおかしなことで、理不尽なことだとしても、どこかにきちんとした筋道があるはず、という前提で話をするのなら。

「それなら、進さんはどうお考えなのですか？」

おじきちから金縛りを受け、更にゲームをプレイしているうちに召喚された。また、服も仕事着に着替えさせられた。それらの「不可思議」な出来事を、理論的に説明出来る「ある仮説」を、進は口にした。

「ずばり、私達がいた世界も、ゲームだった、ということが一番しっくりくるのでは、と思っていまして。これが、実は今のところ私の中では有力な説ですね」

「…………なるほど」

それを聞いて確かに腑《ふ》に落ちる点が幾つかあった。おじきちはこのプロジェクトが終わったら、あにまるワールドに来る前の時間に戻してあげてもいい、と言っていたのだ。

それはセーブしたり、ロードしたり、データを弄《いじ》って見えなくしたり、という、コンピューターにおける「条件付け」に似ているのではないかと、進は言っているのだ。

パンダ一族が使えるという「白黒の世界《モノクロザワールド》」。メインランドにある神々の塔、その中枢《ちゅうすう》にある「母なる神《マザーママ》」。それもパンダだけが特別な能力を持っていて「情報を弄《いじ》れる権限がある」という風に捉えるのなら、一気にこの世界も、明日夢達が元々いた世界も、データであるという考えに、説得力が増してくるのではないか。

「進さん。その話って誰かにしましたか?」

「していません。話すなら、島リーダーの明日夢さんかな、と思いまして」

進の言葉は大変光栄であるが、なかなかにヘビーな内容を聞いてしまった。勿論《もちろん》これは仮説に過ぎないのだろう。だけど、もしそれが本当なら、かなり衝撃的なことになる。何故《なぜ》なら、元々いた世界がゲームだとしたら、進も、明日夢もゲームの中のデータ、ということになるからだ。

ぽっかりと、足元に穴が開いたような、そしてその中に自分が落ちてしまうような、仄《ほの》暗《ぐら》いイメージを明日夢は覚えた。だが、進は特に陰鬱《いんうつ》な表情も見せずに、朗らかに風を受けて、子供達が寝ている小屋を眺めていた。

「進さんは、強いですね」

「そんなんじゃあ、ありませんよ。勿論憶測の域を出ない話ですし。たとえそれがどちらだとしても、私達がこの世界でやるべきことは変わりませんからね」

そう、自分に言い聞かせるように唱える進こそ、何か「設定」されたキャラクターのような気がして、明日夢は酔いが覚めるような思いを抱くのであった。

51　GANMA島からの依頼

「ただいまー」

「ただいまネコー」

夕方頃に、ワープゲートから帰ってきた秋良とネコミ。砂浜で夕食の準備をしていた進とチュンリーが笑顔で迎え入れてくれる。

「おかえりなさい」

「おかえりなさいスズメ」

「あー、お腹《なか》すいたなあ。今日の晩メシは何？」

「今日はブタサブロウさんが沢山魚を釣ってくださったので、赤と青と白のスパイスを使って、ちょっと南蛮漬《なんばんづ》けに近いような料理を作ろうかと思っています」

「おお！　そいつは良いね。ビールにも合いそうで、滅茶苦茶楽しみだな！」

あにまるワールドには「レインボースパイス」といって、七色のスパイスを調合して様々な調味料を作る文化があった。組み合わせることで１２０種類の味を表現出来るとあって、進は毎日の料理が楽しみで仕方ないようである。

「で、どうでした、秋良さん。ＧＡＮＭＡ島さんの依頼は？」

「うーん。結構注文は多かったけど、山太郎の棟梁《とうりょう》なら問題なくやれると思うぜ。なあ、猫娘？」

「にゃあ。ＧＡＮＭＡ島も面白かったネコ。ちいちゃいあにまるの子供達がいたから、お姉ちゃんのネコミがしっかり遊んであげたネコ！　ネコミが帰る時なんて『えー、もうおねえちゃんかえっちゃうの？』って引き止められて、もうめちゃんこ大変だったネコ。特にオコジョ族のコジョマルがネコミのこと大好きになっちゃって全然はなしてくれなくて、もうとてもとても可愛《かわい》くて楽しかったネコ！」

ネコミはＧＡＮＭＡ島がとても気に入ったらしく、次から次に進に今日の話をしてくれる。

「あはは。そうですか。それはとてもよかったです。あ、秋良さん。依頼に関しての詳しい話はご飯を食べてからにしましょうか。それまで休んでおいてください」

「あはは。魚、捌《さば》くのくらい手伝うよ」

「ネコミもお皿を運ぶよ！」

そして、秋良は自分用のナイフを取り出して、手際よく魚を捌き始め、ネコミはテーブルに皿を並べ出し、おじさん島の夕食が始まるのであった。

◇　◇

「ここがGANMA島かーー」

そこはしっかりと整備がされている、様々な島と比べてもまったく遜色がない立派な島だった。砂浜より少し森側に丸太を束《たば》ねて作った家が並び、島づくりに力が入っていることが分かる。整列するように並んでいる建物や橋は、まさに島の秩序を象徴していた。

「で、何がお望みなんだっけ？　どこに何を建てたいんだっけ？」

「すいませんであります！　秋良さん！　ネコミさん！　わざわざうちの島にご足労願いまして！　ホンカン、とても感動しておりますであります!!」

そういって随分と大袈裟《おおげさ》に最敬礼を示すのは、GANMA島の島リーダー、森田雁馬である。かなり暑い気候にも関わらず、警官の制服に帽子をきっちりと着こなして、立ち姿もビシッと決まっている。

そう、その日は建築工事の発注を受けるために、秋良とネコミでGANMA島を訪れていたのだ。

事のはじまりは、ぶどう島との同盟を締結する際に色んな島のおじさんが揃《そろ》ったおじさん超会議の時である。進達がビールやからあげを振る舞って、大盛り上がりの飲み会となっている時に、雁馬がある依頼をしてきたのだ。

内容は彼らの望む建物が欲しいとのことだったので、本来なら山太郎の担当なのだが、今彼とコリスはぶどう島に窯《かま》を作る依頼に取りかかっていて、その手始めとして、風が吹けば飛んでしまいそうな掘っ立て小屋をどうにかしようと奮闘していて手が離せないため、それなら下見と細かい注文を先に聞こうと、秋良がネコミを連れてやってきたのだ。

「いや、悪いね。うちの棟梁《とうりょう》も最近人気が出ちゃって。でも、ばっちり理想を聞いて、建てたい家をオーダー通りに作るからさ‼」

「いえ、ありがとうございます！　ホンカンもそんなに急《せ》かすつもりはありませんので‼　秋良さんにまずホンカン達の理想をじっくりと聞いてもらい、最高の部屋を作ってもらう、というのが本願でありますから！」

「まあ、だけど十分綺麗《きれい》な島だし、雁馬さん達が作った家だってすごく頑丈だから、俺達の島の協力なんていらないんじゃないの？」

これは皮肉でもなんでもない、秋良の正直な気持ちであった。それだけＧＡＮＭＡ島は島全体の秩序が保たれているのだ。それに嬉《うれ》しそうに反応するのは、消防士のレスキュー隊の制服を着た、長髪の男性である。

「いやーー。そんなに褒めてもらえると嬉しいねええ。おいらっち様ちゃんもかなり頑張って木材を切ったり運んだりしたから、甲斐《かい》があったよ！！！！！　ありがとうね、秋良っち‼　あ、ビールの差し入れもくれるんだ？　最高だね。流石《さすが》はビアボーイアキラ。

そしてネコちゃんはやたらと可愛《かわい》いね。おいらっち様ちゃんの心に火がついてしまった。こいつはなかなか——火消し出来やしないね。あ、抱っこしてもいいかい？」

独特の一人称と口調で楽しそうにやかましく喋《しゃべ》るのは、同じく島の住民の森田恵である。彼は遠目で見ると女性と間違えるほど、整った顔をしている。長髪はもちろん、長いまつ毛にスンと伸びた鼻で芸能人と言われても不思議に思わないほどである。ただ、本当に一人称や喋り口調は独特である。それは島リーダーの雁馬も同じではあるのだが。

「にゃにゃにゃ‼　あんまりネコミを子供扱いするなネコー。ネコミはれっきとした猫族のレディなんだからネコ」

「あははは‼　可愛いねえ！！！　当然、うちの子供達が一番可愛いのは当たり前だが、それに負けないくらい、最高に可愛いじゃないか、ネコちゃんちゃん！！！」

「にゃにゃにゃ！　ネコミは可愛いのは当然だけど、この島のあにまるは皆まだ小さくてたしかに可愛いネコ」

そう、雁馬達が作ったブランコやシーソーで楽しそうに遊んでいるのは、ネコミ達より小さく、保育園や幼稚園児ぐらいのあにまるである。

更に、元々の種族としても可愛らしい者達が集結しているのだ。オコジョ族のコジョマルとフェレット族のフェレンとハムスター族のハムゴロウとナマケモノ族のナマケモノタロウである。

秋良が仲良くなった森之丞佑季が島リーダーを務める天上天下唯我独尊島にもウサギ族やヒヨコ族等の可愛《かわい》い種族達がいるが、かなり高齢の、それこそおじいちゃんおばあちゃんあにまると聞いている。

「どうやら、ネコミさんは恵さんの心に火をつけてしまったみたいでありますね!!」

「まったくだよ。まいったね、おいらっち様ちゃんは火消しが仕事だってのに！　だけど、火消しと言えども、心の中に燃え上がる炎は――絶対に消しちゃいけないのさ」

「はあ……」

とんでもない美形で片目を閉じながら決め台詞《ぜりふ》を言う恵に圧倒され、秋良は気のない返事を返すことしか出来なかった。

気が付くとネコミは子供達に手を引かれて、ブランコやすべり台等の遊具へと誘われていた。とても人懐っこく、秋良やネコミにも臆することなく「なにしているコジョ？」と話しかけてきてくれる。ネコミはすぐに「おねえちゃん」と呼ばれて、あっという間に囲まれて、楽しそうに一緒に遊んでいた。

それはつまり、GANMA島のおじさん達が本当に愛情を注いであにまるの子供達を育てている証《あかし》でもあった。その時点で、秋良はこの島をまったく疑うことはなかった。まあ、基本的にこの世界に連れてこられたおじさん達に悪人は一人もいないという確信はあるのだが。それにしてもこの島のおじさんは個性がかなり強烈であるのは間違いない。それは三人目のおじさんにしても変わることはない。

「まあさ、秋の字。雁の字と恵の字のこのアツいロックな心意気をどうか分かってやっちゃくれねえかな。俺からもお願いするZE。結局、何を言いたいかっていうと、俺は。俺達にとってさい、っこう―――――の建物をつくってもらいたいわけよ」

「は、はあ」

白髪リーゼントにグラサン、金色のスーツを身にまとっている男が秋良に熱く話しかけてくる。

「学校も一緒でさ。俺はいつも自分の生徒に言ってるってわけ。人生、何がどうなるか分かんねえじゃん⁉　って。受験だって、勉強だって、部活だって、恋愛だって。DAKEDO。だから人生ロックなんじゃねえかって。順風満帆で予想通り理想通りの人生なんて、まったくもってロックじゃねえし、ときめきもしねえ。ってさ、俺は生徒に言うわけよ。ロックに生きてりゃ校則破ろうが法律破ろうが、問題ない時があるんだよ」

彼の名前は森田《もりた》栄一《えいいち》。とても奇抜な出《い》で立《た》ちをしているのだが、そう、彼の職業はなんと、驚くべきことに、教師なのである。

『はたらけ！　おじさんの森』プロジェクトのルールとして、あにまるワールドに送られてきたおじさん達の初期の服装は「仕事着」というものがある。

会社員の進はスーツ。雑貨屋勤務の秋良はお気に入りのTシャツ。工務店の山太郎はオーバーオールに、在宅プログラマーの木林は私服のチェックのシャツ、である。

なので、雁馬は警官の制服。恵は消防士の制服。教師と名乗る榮一も、その服装とグラサンで授業を行い、生徒に指導していた、ということになる。

——マジか。こんなパンチの効いた先生、俺が学生の時にもいなかったぞ。現代でこんな教師が教壇に立って、大丈夫なの？

「ええと、じゃあどういう建物をお望みで？」

いくら考えても疑問が消えないので、秋良は真面目に元々の依頼を果たそうと話を進めた。それには代表して島リーダーの雁馬が答える。

「はい！　まずは、なるだけ防音の部屋を作ってもらいたいであります‼」

「へえ、防音ね」

防音をこの島生活で望むのは珍しい。波音や子供達の声や生活音など、様々な音が島生活では当たり前に聞こえてくるものだからだ。勿論《もちろん》たまに騒音のない所で静かに考え事や読書なんかをしたい気持ちにはなるが、きっとそういった用途で使用するためなのだろうか。とりあえず秋良は持参したメモ帳にしっかりと記す。

「あとは、海際に作ってもらって、大きな窓が欲しいであります。リラックス出来るといいますか、疲れが吹き飛ぶようにしたいです」

「ふむふむ……それならベッドとかも納品しようか？　うちのリスが器用で、最近家具作りにも凝っているからさ」

「それは、大変ありがたいことであります!!　あと、でしたらホンカンから更に作ってもらいたいのは、机と椅子もお願いしたいであります！」

「ああ、お安い御用だな。あにまる用にする？」

「はい？」

「ああ、いや。あにまる用なら、ここは小さいあにまるが多いみたいだから、小さめにするし、おじさん用なら普通のサイズにするからさ。数も分かるなら教えてください」

用途を尋ねる秋良に、雁馬は一瞬だけ考え込んでから、きっぱりと答える。

「おじさん用でお願いしますであります!!　数は1セットで大丈夫であります」

「あとは？」

「あとはですね…………外から鍵をかけられるようにしたいであります」

「ふうん？　外から？」

なんとなくその言い回しに秋良は引っかかったが、そんな懸念に気づいた雁馬が、取り繕《つくろ》うように言葉を連ねる。

「ぼ、防犯として！　で、あります！！　もし外から誰か、わかものなどがやってきてもいいように、で、ですね。子供達を、この島を守るのが、この、ホンカンが未来より与えられた使命でありますから!!　この島の平和を守って守って守り抜いてやりますであります！」

「あー。あはは、まあ、そうだよね。警察だもんね」

未来より与えられた使命、という意味はよく分からなかったが、秋良は何となくノリに流されて、カラッと笑うのだった。何で外からなのか、という疑問はあるが、例えば子供達を匿《かくま》うシェルターだと考えれば、外から鍵をかけられるようにする必要性は十分に考えられるではないか。

それからいくつかの仕様に関して打ち合わせをしていった。

「ええと。まあ要は頑丈で窓が大きくて、ああ、ガラスが必要だけど、あれってスタンプ50オジとか必要だっけ……」

「それは問題ないであります!! ホンカン達で用意させていただくであります！」

「はい。じゃあそのあたりはよろしくお願いします」

なるほど、ガラスを窓枠に嵌《は》める加工等は、確かに山太郎でないと無理かもしれない。

「そうか。これだけ立派な家とか作っているけど、うちの山太郎さんじゃないとガラスや鍵付きのドアは作れないかもね」

山太郎が『はたらけ！ おじさんの森』をプレイする前に願った「無人島に一つだけ持っていくことが出来るなら」というギフトは工具セットである。ノコギリやインパクトドライバー等、木材を加工する際には欠かせないグッズなので、かなり重宝している。

「あー、そういえばみんなは、あにまるワールドにきた時は何をもらったの？」

「ほ、ホンカンは‼　で、ありますが！　え、と……その……」

話の流れから秋良は何の気なしに聞いただけだったのだが、その話題になると雁馬はあからさまに歯切れが悪くなり、動揺を隠し切れない様子である。かなり言いにくそうに戸惑う姿を見て、秋良は何かいけないことを聞いてしまったかと思い、慌てて謝る。

「ああ、ごめんごめん。言いにくかったら別にいいしさ。俺だって最初はビール持ってきたのがバレるの恥ずかしくて言えなかったんだからさ」

「……申し訳ないであります」

「いいっていいって」

——そういやこの人。ぶどう島の同盟の時にも秘匿《ひとく》事項とかって言ってたよな。ひょっとして、拳銃とかじゃねえよな。まあ、大丈夫か。好きなアテは梅水晶《うめすいしょう》の人だし……。

秋良はおっかなびっくりチラチラと雁馬の制服のズボンの腰あたりを見つめるのだった。すると、遠い丘の上をてくてくと散歩する人物の影を発見した。あれはきっと、四人目の住民のおじさんだろう。

「ああ、あの人が四人目のおじさんかな？」

「あ、あの方は森田岳人《もりたがくと》さんといいまして」

「雁馬っち！！」

「雁の字！！」

雁馬が四人目の名前を口にした途端、恵と榮一が大声を出すので、秋良は目を丸くしてしまった。そして、言われた雁馬も、言った恵も榮一も、三人ともが驚いた表情と動揺した仕草で、何やら不穏な空気である。

それからこっそりと二人は「ちょっと雁馬っち。げん様、あ、いや、岳人さんのことはほら、あれじゃない？」だとか「そうだぜ雁の字。ほら、あまり名前を出すと……彼もかなりの有名人の所があるからさ。ここはクールに、ロックにさ」などと雁馬に囁《ささや》き始める。言われた雁馬は青ざめた顔を見せ「ああ、ホンカン、失態をしてしまったであります……」と言って頭を下げる。そのような会話も全て秋良には丸聞こえなのだが、リーダーの雁馬が取り繕《つくろ》うように笑顔で誤魔化《ごまか》す。

「秋良さんが仰《おっしゃ》る通り、あの方は四人目の島の住民であります。極度の人見知りなのでホンカン達とも一定の距離をとって生活をされているので、あります」

「へ、へー」

その四人目のおじさん、岳人もこちらに気が付いているようで、すごく遠くから秋良に軽く会釈《えしゃく》をすると、すぐに丘の向こう側へと歩いていってしまった。どうやら近くまで来るつもりはないようである。遠目で、ざっとしか確認出来ていないが、ボサボサの髪に眼鏡、上着は白い襟付きのシャツを着て、下は半ズボンである。

——うーん、あれが仕事着だとすると、あの人は一体何者なんだろうか……？　でも、GANMA島はほとんどが公務員だもんなあ。榮一さんがロックなフラワー島に組み込まれていないってことは、公務員の方でスカウトされたからに違いないもんな。分かったぞ。リモートとかの市役所の嘱託《しょくたく》職員とか？　そんな感じかな。

正直に言うと、岳人の見た目は普通に不審者に近い。だが、『はたらけ！　おじさんの森』であるから、今のところ無職のおじさんが連れてこられたという情報は聞いたことがない。なにかしら職があるおじさんであることに、間違いないのだ。だって『はたらけ！』なのだから。そんな岳人の所に、ハムスター族とフェレット族の子供がてこてこと寄ってきて何やら話しかける。遠いので詳しくは聞こえないが子供達には「せんせい、せんせい」と呼ばれている気がした。その後、岳人は子供達と手をつないでのどかにとことこと歩いて、ハンモックに座って絵本を読んであげていた。

——まあ、子供に慕われているなら、悪い人じゃなさそうだな。だけど、先生？

先生とはどういうことだろうか。だって、先生は榮一なのだし。いや、榮一もとんでもない格好だから先生には見えないのだけれども、実際自分は教師だと自己紹介もされている。ひょっとしてこの島には先生が二人いる？

——あ、ひょっとしたら、医者とか、かな？

どこかの離島の医者とかなら、あんな格好もあり得るのかもしれない。

――有名かもしんないみたいなことも言っていたから、ひょっとしたら変わり者で有名な、ドラマとかのモデルになった人？　うーん。なんだかちょっと、気になるなあ。

かといって、来たばかりの島で詮索《せんさく》ばかりしても具合はよくない。好奇心はあるし、ずけずけと物を言うタイプの性格ではあるが、流石《さすが》に他人のプライベートに土足で踏み入るような真似《まね》はしない。実際、秋良よりも進の方がよその島でお節介を焼いて色々と問題を起こすことの方が多いぐらいであった。

何やら秋良が考えていることに気が付いて慌てる雁馬が、無理矢理会話を終わらせる。

「そ、それでは何卒《なにとぞ》よろしくお願いします。山太郎さんにお仕事をお伝えしておいてください」

「ああ。分かりました」

そうして今度、山太郎も図面を描いてからＧＡＮＭＡ島を訪れる、ということで話はまとまったのだった。

◇　◇

「そういうわけで、ＧＡＮＭＡ島から依頼をもらったんだけど。まあ特に怪しい所のない善良な島だったよ」

「いや、そこそこ怪しい島な気がするがのう。今の話を聞いていると……」

島に戻ってから晩ご飯を食べ、夜、寝る前におじさん会議がてらビールを飲みながらいつまんだ秋良の話を聞いていたが、早速山太郎がツッコミを入れつつ、率直な意見を述べる。GANMA島に一緒に行ったネコミもその日は同席していて、山太郎の膝《ひざ》の上にちょこんと座っていた。

山太郎が怪しみだしたのは、鍵がかかる部屋を作ってほしいという依頼内容を聞いてからであった。

「まあ、そこはほら、誰だってなんとなく後ろめたいことの一つや二つ、あるんじゃないの？　俺達だってあんまりこの世界の王であるパンダを露出したくなかったりはあるじゃん？　そういうのと一緒でさ」

「まあ島にとって色々とある、というのは私も同意見ですね。あれこれ詮索するのも無粋《ぶすい》ですし。GANMA島さんにはGANMA島さんの事情がある感じなのでしたら、干渉しない方がいいかもしれませんね」

そういう進が一番お節介の塊なのだが、それを理解しているのかどうか、にこやかに自然に味方してくれるので、秋良は苦笑するしかなかった。

そんな中、木林が突然良い声を発しながら割り込んできた。

「えー、ちょっといいですかねえええ～～～♪」

「うわ、ビブラート。忘れていたぜ。そういうアップデートがあったってさ。俺マジで完全に忘れていたよ」

「その島の謎、といいますか、違和感の正体に関して、拙者《せっしゃ》、分かっちゃったみたいでござるぞ」

木林のその発言に、思わず秋良は身を乗り出す。

「え？　本当に？　今の話を聞いただけで？」

「ええ。まるっとつるっと完全に分かっちゃいました。というか、何で皆さん分からないのですかねえ。こんなに簡単な謎解きが。ぐふふふ」

自信満々に身体を揺らす木林。その表情には一切の虚勢めいたものは感じられない。

「分からないもなにも。え？　何か怪しい島かな？　だってあにまる達だってちゃんとしてて、おじさんは警官に消防士に教師に、四人目もなんらかの公務員さんだと思うんだけど。しっかりした島じゃねえかよ」

「なんか、聞いていると秋良君、公務員崇拝《すうはい》みたいな所があるんじゃなあ。何かコンプレックスでもあるのか？」

「あはは。それはまあ、私も分からなくはないですけどね。それに、島の整備やあにまるさん達が幸せそうに生活している、なんていう点もポイント高いですし」

そういって秋良の肩を持つ進に続いて木林も念を押す。

「公務員島と、秋良殿は定義づけしたわけでござるな、なるほどなるほど。あ。別にGANMA島が悪い島だなんて拙者は言ってないでござるよ。ですが、ある秘密を抱えた島ではあるということでござる。それを拙者が、いや、拙者だけが、分かっているということを言いたいだけ、ただそれだけでござるよってに。ぐふふふふ♪」

両手を頭に組んで、ニヤニヤ笑いながら余裕の発言をする木林に秋良はイラつきと生理的嫌悪と胡散《うさん》くささを隠し切れない。

「いや、木林さん。行ってもないのにどうしたの？　何かよくない秘密なの？　それって？」

「いえいえ。まったくよくないでござるよ。むしろとても良い秘密でござる。最高の秘密でござるよ」

「いや。そんなに良いことなら、なんで秘密にするんだよ」

「まあ、宝くじに当たったことは内緒にしておけ、と言われますからね。そういう意味の良い秘密かもしれませんよ。だけど、凄《すご》いですね木林さん。私にもさっぱり分かりません」

「すごいネコ！　キバヤシはめいたんていおじさんネコ？」

「そうでしょうそうでしょう。何故《なぜ》なら拙者は現場に行かずにGANMA島の謎を解いてみせたのですから」

「まあ、それはまさに安楽椅子探偵《アームチェア・ディティクティブ》じゃな」

「あーむちぇあちゃあ、でぃてててぶ？　ネコ⁇」

「現場に行かずに状況だけを聞いて事件を解く探偵のことですよ」

「へー。なんだかすごいかんじがするネコ」

「まあ、無人島ですので拙者《せっしゃ》はアームチェアといいますか、ここではさしずめハンモック探偵とでもいいましょうかね。あー、まったく人間とは、業《ごう》の深い生き物ですぞ。ぐふふふふふ」

探偵っぽい言葉をそれっぽく並べ立てて悦に入る木林。現地に赴《おもむ》いても何も感じなかった秋良は、そこまで自信満々の木林を見ると、少しどころではなく気に食わない。

「分かったよ。木林さんの挑戦を受けてやるぜ‼　じゃあＧＡＮＭＡ島に行かずにその謎とやらを解いてみせてくれよ！」

「分かりましたでござる」

木林は砂浜に置かれた背もたれ付きの椅子にゆったりと座ると眼鏡の側面に手のひらをさらりと滑らせてから、ニターリと笑ってみせた。

「ではまず、秋良殿に再度確認したいことがあります」

「うん」

「ＧＡＮＭＡ島のおじさん方には、全員お会いしたんですよね？」

「うん。そうだぜ。まあ一人はかなり遠くから見かけただけなんだが」

「はい。お会いした方の名前と特徴を教えてください」

先ほどまでは、秋良は依頼のやり取りをかいつまんで話をしていただけなので、島リーダーの雁馬の名前ぐらいしか教えていなかった。ここで木林の要望に応え、それぞれの特徴を詳しく語り始める。

「ええと、森田雁馬さんで警察官だろう。自分のことをホンカンって呼んで、なんだか、馬鹿がつくほど真面目そうな警察官だな。で、森田恵さんで消防士。これがかなり綺麗《きれい》なおじさんで、髪も長くて女の人と間違えるかのような人なんだけど、自分のことをおいらっち様ちゃんなんて呼ぶ、超クセ強おじさんだな。で、森田榮一さんは白髪で金色のスーツにグラサンのおっちゃんで、なんとこれが教師だっていうから驚きだぜ」

「ふむふむ。自分のことをホンカンと呼ぶ馬鹿丁寧な警察官殿。自分をおいらっち様ちゃんと呼ぶとても綺麗な顔立ちをされた消防士殿。白髪グラサン金のスーツの教師ですか……………!! 素晴らしい。素晴らしすぎるでござる!!」

素晴らしいと連呼してぐふふと笑って何度も頷《うなず》いてみせる木林に、周りの者達は置いて行かれてしまい、首を傾《かし》げることしか出来ない。

「なに？　なんだか普通に腹が立つ感じなんだけど。そろそろ殴っていい？」

「殴ってはいけないでござる。いえいえ、ではどういうお話をしたのかお聞かせしてもらっていいですか？」

「うん」

それからGANMA島のおじさん達と会ってからの話を順序立てて語った。

「ふむふむ……それで、ギフトの話になると、三人が三人とも、ギフトが何かを明らかにしない……と」

「そうなんだよ。雁馬さんは絶対に拳銃だと思うんだよな。そんな島があったら脅威だよな！　消防士の恵さんは工作車とか。あ、分かった‼　あの島ってかなりヤバイ人達ってことか？　もうぶどう島はなんか武闘派って言っても肉体言語っていうか、格闘漫画みたいな、救世主伝説的なヤツだったけど、そうじゃなくて。完全に武装勢力としてわかもの達をやっつけようってしているんだ。で、そういうので必要なもんがバレたら大変だから隠しているんだよ。榮一さんも教師っつっても見た目ヤバイから、ダイナマイトとか所持しててもおかしくねえもん」

「では、今回の依頼もそのための倉庫でも作ろうとしているってことですか？」

「確かに、それなら外から鍵をかける意味が分かるのう。厳重な倉庫ってことじゃからの」

秋良は進と山太郎の相槌《あいづち》にうんうんと頷《うなず》いてみせる。

「そうそう！　きっとそうなんじゃねえの？」

「ですが、それでしたら防音ですとか大きな窓や机椅子等の発注が矛盾してしまいますね」

「うーん……それはきたる闘争のための立てこもり用とか？　シェルターも兼ねているんだよ！！　そうそう‼」

秋良はそう熱弁するが、やはりどこか現実感が足りないような気がする。その会話を聞いた木林は感心したように頷《うなず》きながら口を開く。

「ふむふむ、確かに、閉じ込もる、という発想は間違っていないのかもしれませんぞ」

「え？　マジで？」

「ですが武器を隠したり、シェルターとして使う、なんていうのは警官の雁馬殿がそんな、とんでもないことを考えたりしないとは思いますけど」

「まあ、確かに漫画みたいな話だよな」

「……おおふ。おおおふぅぅぅ～。漫画みたい、ですか？」

秋良の反応を聞き、何故《なぜ》だか嬉《うれ》しそうに、そしてとても気持ち悪く気持ちよさそうに笑う木林であった。

「それでは、あにまるさん達には何か不思議な点はありませんでしたか？」

次に木林はＧＡＮＭＡ島のあにまるについて質問をするが、それに関しては元気よくネコミが答えてくれる。

「全然ネコ！　ＧＡＮＭＡ島にはオコジョ族のコジョマルとフェレット族のフェレンとハムスター族のハムゴロウとナマケモノ族のナマケモノタロウがいるんだけど、まったくもって最高に島生活をたんのうしていたよ。普通に楽しいって。夢みたいな生活を送っているんだって。うちみたいに色々と勉強とか教えてもらっているっていってたネコ」

「それは素晴らしい。おいくつぐらいの方々でござるか？」

　それにも続いて、ネコミが答えてくれる。

「えと、ネコミ達よりかなり下ネコ。弟や妹が出来たみたいでとても可愛《かわい》かったネコ」

「ふむふむ。なるほどでござるな。あにまるさん達はそういう雰囲気で選んでいないんですね。まあ、おじさん達の雰囲気にドハマりであにまるさん達が選ばれている島といったら、ぶどう島くらいのものでござるからな。あ、あとはショーバイショーバイ島なんかも、商売上手なあにまるさん達が集まっているとお聞きしました」

「確かにあにまるのガキンチョどもは猫娘の言う通り、かなり楽しそうに生活していたぜ。まだ小さいから、わかものがどうとか、物心つく前に雁馬さん達に会って、素直におじさん大好きなあにまるとして島生活をしているって感じだったな」

　秋良の説明を聞いて、進が嬉しそうに頷く。それなら絶対に大丈夫だろう。年少の子供達にはそういった大人の雰囲気や影響は隠そうと思っても必ず滲《にじ》み出るものである。やはり公務員という、堅実な職業のおじさん達、島管理はしっかりとやっているに間違いない。何かを隠しているとはいえ、決してぶれることがない本線が彼らにはあるのだろう。

「では、次は隠居の島神様と管理人さんに関してお伺いしてもよろしいですかな」

「ああ、隠居ね。ええと、たしかおじたくろうとかいうヤツで、それがふんふん鼻息の荒い隠居でな。なんだか気持ちが悪かった印象だな。管理人は丸眼鏡で猫背の女で、たしか名前が、えーと、なでしこ？　かおるこ？　じゃなかった」

「サクラコ、ネコ！」

「ああ、そうそう。サクラコだった。なんだか俯《うつむ》き加減でぶつぶつ言いながら、ニヤニヤ笑ったり真顔になったりと、変な女だったよ」

おじたくろうとサクラコには、GANMA島から帰る直前にばったり出くわしたのだ。

「あ、き、金髪なんだたくね。い、いや。なかなか、良い色だ。メビウス太郎のようだたく」

そういって秋良の金髪を褒めては、薄ら笑いを浮かべているのがおじたくろうである。

管理人のサクラコもおじたくろうと並ぶほど奇妙な雰囲気であった。前髪が眼鏡にかかっていて、その奥の瞳がしっかりと見えない、不審な女性である。

「……………うふふ。猫ちゃん。爆発的に可愛《かわい》いですね。天真爛漫《らんまん》で、まるで『にゃんにゃん学園白書W』のキャロルのような。いえいえ、『怪盗キャットトレディ』のマルガモットキャット？　いえいえ…………とにかく、可愛すぎです。うふふふふふふふふふふふふふふ」

「にゃにゃ。なんだか、サクラコ、気色悪いネコ」

「がーーん……こんなに可愛い猫ちゃんから、気色悪いを贈呈されました。がーん。最高のがーんでございます。ありがとうございます」

「…………」

「…………」

秋良もネコミも薄気味悪くなって、挨拶《あいさつ》もそこそこにＧＡＮＭＡ島を後にしたのだった。

「なるほど。隠居さんに管理人さんは結構あからさまな方達なんですね。メビウス太郎とはまた懐かしい。『たまらんボーイみつお』の金髪ライバルキャラではないですか。通《ツウ》な名前を出してきて、玄人《くろうと》好みですな。管理人のサクラコ殿の仰《おっしゃ》ったキャラも素晴らしいチョイスですぞ」

「うん、まったく分からん。あのさ、木林さん、俺と同じ言語話してる？」

いい加減怒りだしそうな秋良の雰囲気を察知して、木林は話を前に進める。

「あまり焦《じ》らすのも本意ではありませんので、それでは最高のヒントをあげましょう。雁馬殿の一人称はなんでござったか？」

「ええと。ホンカン、だな」

「では、恵殿の一人称は?」

「ええと、おいらっち様ちゃん」

「では、教師の桀一殿の服装は」

「白髪にグラサン金のスーツの先生。だな」

質問に答えた秋良に満足そうに頷《うなず》きかけると、木林はパンと手を叩《たた》いて笑いかける。

「さあ、これがヒントです。これで全て謎は解けましたね、でござる」

「いや、分からねえし! だからさっぱり分かんねえよ。何が言いたいんだよ。木林さんは展開を進めているつもりかもしれねえけど、さっきから俺達はずーーーーっと置いてけぼりの足踏み状態なんですけど!」

既に秋良はお手上げ状態であった。進に顔を向けても苦笑して顔を横に向ける。山太郎にいたっては完全に目を開けて寝ていた。

イニシアチブを完全に握られて面白くない秋良は、何か反撃の手はないかと考え、尋ねてみることにした。

「……というか、それだけの情報でいいの? 本当に今の情報だけで全て分かるの?」

「といいますと?」

「いや、だってさ。あにまると隠居と管理人までの情報は全て話したけど、四人目のおじさんについて話してなかったからさ」

「ああ。森田岳人さんについてですか」

「━━━ッッッッッ！！！！！！？？？？？？」

軽い意地悪を言ったつもりが、一瞬で返り討ちにあってしまった。秋良は四人目のおじさんの氏名について、何も話をしていなかったのだ。それなのに、何故《なぜ》木林が岳人の名前を知っているのか。

「いやいやいやいやいや！！！！　何で分かるの？」

「だから既に何もかもお見通しと言ったでござる。それとは別に、げんさんか、げんぺーさんとか、先生などと呼ばれていたのでは？」

「マジかよ……」

「すごいネコ。キバヤシ、ほんとうにめいたんていみたいネコ。はんばっぐえっぐべねでいくと、ネコ」

「ハンモックディティクティブ、ですね」

「やはり………でござったか。うひょーーーー」

高い悲鳴をあげる、その時の木林の表情は、自分でも驚いたような、そして同時に子供のように嬉《うれ》しそうな顔を覗《のぞ》かせていた。

52 名探偵木林の名推理

「それでは、そろそろ事件の真相に触れていこうかと思いますが」

そう語ると、木林は焚火《たきび》の火を消して、辺りを暗闇にした。それからすぐ後、闇の中からスッと、木林の顔が浮かび上がる。スタンプ交換した防災用の懐中電灯を顔に当てているのだ。

「えー、今回の事件はとてもシンプルかつ、簡単でござりました。とても分かりやすく、普通に情報を丁寧に整理していくだけで、自動的に真相にたどり着くという、まるで標識の案内に従っていけば目的地に着く、というような簡単な事件であります。そう、全ての真相は、島の住民と建物の依頼、それだけで明らかになっていたのです。いやいやまったく、人間というものは業《ごう》の深い生き物でして……彼らは何も隠していない。いえ、本当は隠したいのかもしれませんが、拙者《せっしゃ》からすると何も隠せていない。仮名を隠して真名《しんめい》を隠さない、丸見えのスケルトン状態なのです。では、一体それが何かと申しますと……」

「いや、そういうのいいから。そういうミステリードラマみたいな演出したいの分かるけど。もう早く言ってくれ。もったいつけんじゃねえよ!! おい!! 本気で殴るよ!!」

とうとう堪忍袋《かんにんぶくろ》の緒が切れた秋良が鋭い声で叫ぶと、恐れおののいた木林が懐中電灯を落とす。その後慌てて焚火に再び火をつけると、すぐに答えを喋《しゃべ》り始めた。

「分かりました。まず初めに述べておきますと、GANMA島のおじさん達は皆、オタクです」

「え？」

突然、謎解きと関係のなさそうな単語が現れたので、秋良の思考は停止してしまった。

「え、と。突然何を言ってんだよ。オタクがどうとかって。ていうか、オタクだったら何がよくないっていうんだよ」

「別に問題はありませんが、GANMA島の謎を解くには住民方のそれらのパーソナリティはとても重要な要素の一つです」

「なんとまあ、説得力があるような？　ないような？」

「どうなんでしょうか。でも秋良さん、話の続きを聞いてみましょう」

進も興味ありげな表情である。そして更に木林は眼鏡を光らせながら推理を続ける。

「では、GANMA島の島リーダー、森田雁馬殿は警官で、自分のことをホンカンと呼ぶんですよね？」

「ああ」

「そして、この島の平和を守って守って守り抜いてやりますであります！　などという決め台詞《ぜりふ》を言っていたんですよね？」

「ああ」

「決まりましたね。これは間違いなく『ホンカンくん２０５９』オタクですぞ」

「…………ん？　は⁉　なにそれ？　なんでそうなるの？　どういうこと？」

　突然知らない作品の名前が出てきて面食らう秋良。山太郎は完全に白目をむいている。そういったものに自分よりは詳しいだろう、進とカンナの顔を見るが、そんな彼らですら申し訳なさそうに首を横に振る事態であった。

「ええと、私にも分かりませんね」

「ええと、『ホンカンくん２０５９』ですですかー。たしか、友達かネットでフォロワーさんが呟《つぶや》いているのを見たような？　見てないような？　うーん」

「まあ、『ホンカンくん２０５９』はちょっと部数も少ない雑誌で、隔週連載の作品でござるから、あまり分からないかもしれないでござるが」

「うん、まったく分からねえ」

　これは本当に謎解きパートなのだろうか。謎解きパートになればなるだけ、木林が解説すればするだけ、更に謎が深くなっていっている気がするのだが。

「『ホンカンくん２０５９』は、西暦３０２２年の未来から２０５9年へとやってきた主人公の本田《ほんだ》カンジが、過去の自分の系譜を全て消していこうとする物語なのですぞ。ストーリーは3022年に、政界、財界、裏の世界など、全てを支配する上級階級本田財閥の家に生まれた本田カンジがとある少女、愚味《ぐみ》クミコと出会うところから始まります。初めは階級による支配が当たり前の教育を受け、自分は支配する者で周りは全て支配される者という選民思想を抱いていたカンジですが、愚味クミコの型破りで全てを真っ向から否定していく姿に心を打たれます。愚味クミコは自治警察AＩ人間を襲い、みぐるみを剥《は》いで奪った回路やメモリーディスクを売る等、非人道的略奪行為を生業《なりわい》としていたのですが、その破天荒な行動にカンジはどんどん心惹《ひ》かれていくのでござった。ですが、それらの行為を監視役から知らされたカンジの父親は普通に警察に通報して、愚味クミコはポリスロボに捕まってしまい、強制プログラムを脳内に埋め込まれ、善臭クミコという、変わり果てた姿となってカンジの前に再び現れるのでござった。愛する人を変えられ、カンジは血の涙を流して復讐を誓うのでありますぞ。総てはこのような世界を作り上げた先人に罪があると、過去の本田家を断罪することを決めたのでござる。自分の派閥を作り、科学者にタイムマシンを作らせて2059年という過去へと向かうカンジ。彼は本田圭太《ほんだけいた》という遥《はる》か昔の先祖に目をつけます。この圭太こそが、ここから警視総監まで上り詰めた後に政治家に転身、『人類の希望党』を立党し選挙で単独与党となり、未来の社会を形づける人間強制法を施行するまでになる大人物なのです。圭太を殺せばその血を引くカンジも存在が消えてしまう。勿論《もちろん》、それも覚悟の上で過去へとやってきたにも関わらず、若き先祖、お人よしで誰からも騙《だま》されてしまう圭太とふれあうことにより、カンジは逆に彼に選民思想を植え付けてしまうのです!!　未来を変えるためにやってきたカンジこそが、過去の圭太を変えて独裁者へ、そして世界を混沌《こんとん》に貶《おとし》めた張本人だったという、原罪と功罪と許しをテーマとした、とても深く、面白い……四コマ漫画なのでありますぞ」

「四コマ漫画なの!!!???　そんなかなりシリアスなあらすじの物語なのに、起承転結の四コマでオチをつけていくんだ」

身を乗り出してツッコむ秋良に、木林は自信を持って大きく頷《うなず》く。

「四コマ漫画雑誌、『まんがふわふわタイムデイリー』で掲載されておりますぞ」

「すごいほのぼの系の雑誌って感じじゃねえかよ。マジかよ」

「圭太と共に行動しなくてはならないため、カンジも勉強して、警察学校へと通い、それこそカンジが警官になって『ホンカンくん』になるまで、12巻かかるでござる」

「タイトル回収長い!!　それ、もうクライマックスじゃねえかよ。いや、興味出てきたよ!　普通に。面白そう!」

思わず乗ってしまっているが、木林のペースだと話が進まない。あまりにも必要なさそうな情報の量に辟易《へきえき》した秋良は、簡潔に木林が何を言いたいのかを尋ねて展開を早めようと試みる。

「ええと。じゃあじゃあ、雁馬さんのあの口調とかってのは、そのホンカンくんっていう漫画の影響ってことなのか？　それは間違いない？」

「自前でそのような特徴が被《かぶ》ることはないと思いますので、間違いないですぞ」

そこで秋良は腕を組んでしばらく考え込んだ後に、木林に質問する。

「そっか。ええと、じゃああれか。雁馬さんはコスプレイヤーだってことなの？」

「いえいえ、そうではないでござる。ぶどう島での同盟の際に見たでござるが、雁馬殿が着ていた服はコスプレ衣装ではなく、本物の警官の服だったでござる」

なんでそれがあんたに分かるのかと聞きたいが、ここを更に追及するとこの巻（4巻）が終わってしまうぐらい長くなりそうなので、秋良はそのまま我慢して話を続ける。

「じゃあ、雁馬さんはその漫画に憧れて、本物の警官になったってことで、いいんだな」

「その通りですぞアキソン君」

「誰がアキソンだよ。ワトソンみたいに言うんじゃねえよ。ゴロ悪《わる》!!」

アイキャッチのように秋良の軽快なツッコミが決まった後、更に木林の推理は続く。

「次に、消防士の恵殿でござるが、これは簡単でござる。恵殿の一人称は？」

「ええと、おいらっち様ちゃんだな」

「おいらっち様ちゃんなんていう一人称はもう間違いありません。これは完全に『火炎の消防士〜ガ組の大五郎ちゃん〜』ですもんね。この作品は皆さんも知っているでしょう？

そうです『週刊少年ごぼう天うどん』で連載されていた作品です。これはタイアップもされていますし。ほら、福岡県の糸島市浦志の防災ポスターに選ばれてましたもんね。『おいらっち様が、火事、不審火を消してやる！　だけど、おいらっち様が火を消してやる！という使命の心の火は、絶対に消させやしない!!』という格好良い決め台詞《ぜりふ》のポスターが三丁目の電柱に一週間貼られていましたからね！！！」

「知らねえ。知るわけがねえ。決め台詞長い……」

「一週間、一枚しか貼られていない電柱とは、たいしたもんじゃなあ」

「なかなかにマクロなキャンペーンですね」

「あの、私も結構な漫画オタクではあるんですけど、全然知らないですですね！！！」

おじさんもカンナも口々に言うと、木林は流石《さすが》に寂しそうな表情を覗《のぞ》かせる。

「フラワー島のミズホ殿ならきっと知っていると思うでござるが……まあいいでござる。

『火炎の消防士～ガ組の大五郎ちゃん～』のストーリーはですね」

「いや、いい。いいから。ストーリーは別に」

「男の中の男を目指す主人公の大五郎は小さな頃に火事になった家に取り残された経験があったんです。火の手がまわり、そこで聞こえてきた声が『力が欲しいか……』という、よくある少年漫画の第一話的な声だったのですぞ」

「だからいいってストーリーは！　絶対に長くなるじゃんって!!」

あらすじはいらないという秋良の言葉をガン無視して、木林は話を続ける。

「その声に応えた大五郎は魔人【シルエット】と呼ばれる異界の火消し王『ガリアル』と契約をします。ガリアルの力により右腕が半神倶【ファイナルウエポン】と化した大五郎は一瞬で火を消して、九死に一生を得ます。それから数年はその事実を忘れていたのですが、15歳の誕生日に幼馴染《おさななじみ》の鍋島本輔《なべしまもとすけ》、通称『なべぽん』の家が火事になり、なべぽんを助けるために数年ぶりにガリアルの力を使って火消しをするのですが、その代償は大五郎の『性別』でした。ガリアルの力を借りて半神倶【ウエポン】を使えば使うだけ、男らしさを吸収されて、大五郎は女の子に、つまり大五郎ちゃんになっていくのです。基本的なスタンスとしては女の子にはなりたくない大五郎ですが、目の前に困っている人や火事が起きている時にはなんら一瞬の迷いもなくガリアルの力を借ります。一日に三回借りることもあり、ガリアル本人が『いや、お前、いいのか？　どんどん女になっていってるぞ』なんて聞いて躊躇《ちゅうちょ》するエピソードもあります。ですが、優先順位として大五郎は自分の性別よりも人の命なので、そこがぶれなくて、とても男前なのですぞ。それだけ力を使い続けるわけですので、三話の時点で大五郎は大五郎ちゃんになって、完全に女の子になってしまうんですが、そこの葛藤《かっとう》や女の子になっちゃった系の悩みなんかはまったく描かれず、とにかく町で起こる火災や事件を解決していく、爽快消防士漫画なのですぞ」

「うん。面白そうだな」

最後まで聞いて、秋良は素直にその面白そうな漫画を認めざるを得なかった。性格もそのまんま男ってのはなんか、

「葛藤《かっとう》がないっていうのは、なかなか良い点だな。好感が持てる」

「おお、秋良殿、よく分かっておられる。そういうことでござるぞ。TSだけど、本人の中身が一切女の子らしくならない。それよりもどんどん男らしく、格好良くなってしまって、周りの男だろうが女だろうが関係なく、大五郎ちゃんを好きになってしまうという話なのです」

「ええと。それなら、ああいった『おいらっち様ちゃん』とかの口癖に見た目の中性的な感じも、GANMA島の恵さんは、その大五郎ちゃんからリスペクトしているってことでいいんだよな？　そしてこれもコスプレではなく、職業自体はしっかりと消防士になっている、と」

「その通りでござる」

あくまでコスプレ島ではない、ということを木林は強調する。のだが、じゃあ一体GANMA島のコンセプトとは一体何なのか、という点が気になってくる。正直やはりまだ謎は解けるどころか、どんどんと深まっていくのみである。

「そして桀一殿でござるが、これはもう分かってますよね。白髪にグラサン、金のスーツといえば」

ようやく進とカンナも知っている作品のようで、嬉《うれ》しそうに反応を示してくれる。

「これってテレビドラマにもなった、『パーフェクトティーチャーA吉』じゃあないですか」

「略して『PTA』ってやつですね。私も見ていたですです。主演の俳優さんの練村《ねりむら》タケシさんが演じる相沢A吉《あいざわえいきち》が格好良くて！　キュンキュンしてました！！」

「へー、有名なんだな。俺はあんまり知らないけど」

「あのですねえ。秋良殿は一体どんな漫画なら知っているのでござりまするか？」

何も知らない秋良に、流石《さすが》に呆《あき》れ顔の木林が尋ねると、指を折りながら数えてくれる。

「いや、若い頃はそこそこ読んだんだぜ。妹が持っていた少女漫画とかがあったから。『ときめきバーニングロード』とか『がむしゃらにアタック』とか。ああ、あと、主人公の女の子の腕がある日飛行機の羽になって、鼻がプロペラになるやつとかも読んだ。あれは面白かったな！」

「おお、それは『旅客少女』じゃないですか！　随分とコアな作品を知っているんでござるぞ！　しかも今回にどんぴしゃなチョイスですぞ！！　妹さん、グッジョブでござる！！！！！　ひゃっほおおおお!!」

「あ、いや。そんな、突然興奮されても……。だけど、たしかヒロインが客を乗せてフライトしている時にハイジャックされて、そこから続きが読めてないんだよな。凄《すご》く気になっちゃっててさー」

「ああ、そうなんでござるのですよ。ハイジャック編の続きがでですねえ」

「あ、いや。でもあれももう二十年近く前だから、流石《さすが》に続きは出てるんじゃねえの？」

何の気なしに言った秋良の言葉に、木林は力なく首を横に振る。

「いえいえ。それがその続きは未《いま》だに描かれていないんですよね」

「マジ？　打ち切りとかじゃなくて？」

「ええ。あれから作者の無限回廊《むげんかいろう》ワタル先生が体調不良で一年ほど休載されていたのでござるが、その間に掲載雑誌の『ぽにいている』が廃刊になってしまいまして……」

「……マジかよ。そして、作者のペンネーム、無限回廊ワタルっていったのかよ。クセ強いな。マジかよ……」

「そう。『旅客少女』は3巻までで止まっているのでござる。いや、ですがまさか秋良殿が『旅客少女』とは……。こういう偶然もあるのでござるな。いや、これは凄《すご》い。ひょっとしたら秋良殿がGANMA島に飛ばされていた可能性すらあったのかもしれませんぞグへへへへへへへへへへ」

何故《なぜ》か『旅客少女』に物凄い反応を示す木林に、秋良は少々引き気味なリアクションとなってしまう。一体、その漫画のどこが今のタイミングにドンピシャなのだろうか。

「いや、ていうかなんで俺がそんなオタク島に選別されなきゃいけないんだよ。いや、オタク島だとしても、コスプレ島や公務員島だとしても、どれ一つ俺には当てはまらないからな」

いつまでもそんな話をしていても推理は進まない。ひとしきりニヤニヤと二人で興奮しっぱなしだった木林に話を戻してもらうことにする。

「ええと。『ＰＴＡ』の話でしたね。そうなんです、これは有名なロックシンガーが教師になって、全ての問題を絶対にロックで解決するという最高爽快漫画なのです」

「あれ⁉　それなら俺やっぱり知ってるかも！　甥《おい》っ子がドラマを見ていたかもしれない。主役の俳優に実際のミュージシャンを使っていたやつだろう？」

「そうそう！！　そうでござる」

「あれ？　だけどあれって主人公銀髪だったよな。でもＧＡＮＭＡ島の栄一さんは、白髪だった気がするけど。まあ、銀も白も変わらないか」

「オメガタカイ！！！」

「え？　なんだよ木林さん。カタカナの大声で、びっくりさせんなよ」

「そう、先ほどから話している作品『ＰＴＡ』は藤川達郎《ふじかわたつろう》先生の作品なのでござる。それの主人公は実写では練村タケシ演じる相沢Ａ吉なのですが……」

「ですが？」

「おそらくＧＡＮＭＡ島の栄一殿は、その格好をされているわけではなくですね」

「え？　違うの？」

「はい。だから髪の色が違うわけなのです！」

それなら一体榮一は何の格好をしているのか、という疑問に対して、木林が答える。

「実はですね。『PTA』にはパロディ作品というものがございまして。【『PTA』に憧れて教職員になった男。PTAにすごく怒られる】というアンソロジー漫画があるのでござる」

「え？　アンソロジー？　え？　なんだって？」

「【『PTA』に憧れて教職員になった男。PTAにすごく怒られる】で、ござる」

「う、うん」

「まあ、簡単に説明しますと、漫画の主人公の『相沢A吉』に憧れて本当に教師になってしまったという、『あいーん沢F九十二』という男性が主人公なのですが」

「ひどい名前だな。なんだそれ！　最低」

「そのあいーん沢F九十一が原作に忠実に行動して、校長にドラゴンスープレックスしたり、生徒に酒や煙草《たばこ》を買いにいかせたり、修学旅行で生徒と一緒にハイジャックしたら、教育委員会に訴えられてしまったり警察に逮捕されたりと、散々な目にあう、というお話です」

「あはは。そういう作品ってありますよね。スピンオフ、といいますか、パロディ世界の話。『京大リベンジャー』や、『犯人の犯田君』みたいな？」

「そうそう！　カンナ殿の言う通りでござります。その【『ＰＴＡ』に憧れて教職員になった男。ＰＴＡにすごく怒られる】の主人公のあいーん沢Ｆ九十一の髪の毛が、本当は銀にしないといけなかったんですが、コンビニで銀のヘアカラーが売り切れていまして、白を買ってしまった、というエピソードが第一話にあるのです」

嬉々《きき》として説明する木林に小さく手を上げて進が質問をする。

「ええと、つまり、それを書いている方は『ＰＴＡ』の作者さんではなく？」

「違いますでござる。藤川達郎先生が『ＰＴＡ』の本物を描いていますが、【『ＰＴＡ』に憧れて教職員になった男。ＰＴＡにすごく怒られる】は他の漫画家さんでして、その御方こそが、あの源氏平太郎先生なのですぞ！！！」

「ううむ。知らん……。じゃあ、あの桀一さんは、破天荒な教師になった相沢Ａ吉が主人公の漫画に憧れて教師になったあいーん沢Ｆ九十一が主人公のアンソロジーに憧れて、教師になった、現実のおじさんってこと？」

「その通りですぞ！」

「ややこしすぎる！！！　道場破り破り、みたいなややこしさ風情があるな」

せっかく知っている漫画が出てきたと思って喜んだ面々だったが、実際はその漫画に憧れた人物が主人公の漫画という、パロディ作品なのだという。長々と木林の説明をこれまで聞いてきたが、では、これをまとめると、一体どういうことなのか。

「確かにこんな共通点は木林さんにしか分からなかったかもしんねえが。ええと、ちょっと待ってよ。じゃあGANMA島がどういうことかっていうと、まとめるぞ。ええと……つまり、マニアックな漫画が好きで、その影響で自分の職業を選んだおじさん達がいる島、それがGANMA島ってことなわけ?」

「その通りでござる。ギフトもきっと、漫画本を持ってこられていると思いますぞ」

「拳銃とかじゃなくて、漫画かあ。そりゃあ確かにサバイバル生活に必要なさすぎて、恥ずかしくて人前で言えないかもしれないな」

「それを秋良殿が言うでござるか」

ふざけてビールと回答してビールをあにまるワールドに持ち込んだ秋良もしばらくは本当のことを言えなかったという経緯がある。

「ええと、じゃあ、GANMA島なんて、島リーダーの名前をつけて痛い島だと思っていたけど、つまりそうじゃなかったってことか」

「その通りですぞ! これぞミスディレクション! GANMA島とはつまりMANGA島!!! 漫画が大好きな方々が集まった島なんですぞ!」

「そこの隠居は一体どういうつもりなんだろうな。おい、おじきち!!」

「なんおじ」

「うわ、すぐ出てきた」

呼ばれた瞬間にぼわっと現れたのは「神」と真ん中にプリントされたジャージを着た、空を飛ぶ眼鏡で小太りのおじさんである。おじさん島の隠居こと島神の、皇子吉右衛門こと、おじきちである。

「ＧＡＮＭＡ島は漫画オタクの島だっていうじゃねえか。あにまるワールドに漫画はあるのか？」

「あるおじ。わかもの達はゲームや漫画なんか、『自分のペースで進められるもの』を好む傾向があるおじ」

「なるほど。35歳で隠居になるから、ゆっくりと2時間映画やドラマを見ている暇がないんですね」

「その通りおじ。だからゴルフも3ホールで終わるおじ」

それを聞いておじさん達はなんというか、苦笑せざるを得ない。

「なんだかなあ。わかものって何が楽しいんだろうな。生きがいとかもないわけだろう？　仕事はあにまるにまかせっきりだからなあ。いや、その35歳の制約があるんだから、仕方ないとは思うけど……。ていうか前から思っていたけど、一体全体なんなんだよ、その35歳っていうのは。以前、パンダ小僧の授業でパンダ一族がなんたらマザーコンピューター的なゲームみたいな名前のヤツにアクセスして『やくそく』？　ってのを改ざんして、35歳になったらニンゲンを視《み》えなくするようにしたってては聞いたけど。それで本当に35歳で消えるようになっちまったってのか？」

「うーん。僕もよく歴史的なものは理解は出来ていないんだおじけど。確かに35歳になった瞬間『世界から弾かれた』感覚がしたおじ」

おじきちの独特な感想を聞き、進が興味深そうに前のめりになる。

「弾かれた……ですか。拒絶された、ような感じですか？」

「それにも近いおじ。気が付いたら空をぷかぷかと浮いていて。どうも気分も無気力な感じになっちゃって、それから3日ぐらいただただ空を浮き続けていたおじ。なんならそのままさらに上まで昇って何年もふらふら浮いている隠居なんかも、今でも沢山いるおじ」

「へー。そんな感じなんだな、わかものから隠居になるっていうのは」

隠居になると世界の枠から外れてしまい無気力になるのだろうか。確かに、進達おじさん達には、隠居になったわかもの全員が見えるといっても、生活圏内では少数の隠居しか存在していない。

「僕は『わかもの』だった時に、隠居になったらこの『はたらけ！　おじさんの森』を開始しようと考えていたおじ。他の隠居達もそれぞれ目的意識があるから、天に召されずに済んでいるおじ」

「天に召されるって……」

「なるほどね。同盟の時にやってくるおっさんもＮＰＯだけど、そもそも隠居だって話だよな。そう考えたらあの気の抜けた雰囲気も納得いくな。逆にフラワー島のおじろうとか、ぶどう島のオジキンとかのテンションの方がかなりやばいってことだよな」

「おじろうとオジキンなんて、わかものの時はあんなもんじゃなかったおじ」

「嘘《うそ》だろ……」

　衝撃的な事実を聞いて、秋良は言葉を失うのだった。

「まあ、GANMA島の隠居はおじたくろうなんだけど、おじたくろうはわかものの頃から漫画が好きだったから、そういうものが好きな人間を選んだみたいおじ。隠居になっても漫画の話とかが出来るから、楽しいのかもしれないおじね」

「へえ、そういうことか。まあ、それなら別にいいんじゃねえの？　ってことは今回の依頼はあれか？　じっくりと静かに漫画が読める部屋が欲しいってことだな‼　なんだよ。秘密ってほどのものでもねえじゃねえかよ。まったく木林さんは大袈裟《おおげさ》だな」

　ニコニコ笑ってGANMA島の真相を語る秋良を、木林がすっぱりと否定する。

「いや、それは違うでござる」

「え？」

「秋良殿が今言ったことの四分の三は正解でござるが、四分の一は不正解なのでござる」

「いやいや。要はオタク島なんだろう？　それを木林さんが見抜いた。これで謎は全て解けたってことじゃねえかよ」

それには進も否定的な意見を返す。

「違うんじゃないでしょうか。それなら今回の依頼、外から鍵のかかる快適な建物にしたいという理由が分かりません」

「それはほら、大事な漫画をしまっておく倉庫だとか、防音な中でのんびり漫画を読む、みたいな、そういうことじゃなくて?」

「漫画が好きなおじさんが集まった、と言ってはいますが、それは全て、四人目のおじさんに集結する、という所がこの島の真髄なのですぞ」

確かに、何故《なぜ》木林が四人目の名前を当てることが出来たのか、それが説明つかない。

「また、あれか。マニアックな漫画の登場人物だったってこと? あ、でもそれじゃあ本名まで当てることは出来ないもんな」

「それは、今まで拙者《せっしゃ》が述べた事実を並べれば、自《おの》ずと答えは見えてくるのですぞ」

「いや、マニアックな作品の話をしただけにしか思えないんだけど」

「それはその通りですが、実は共通点があるのです。『ホンカンくん2059』『火炎の消防士~ガ組の大五郎ちゃん~』【『PTA』に憧れて教職員になった男。PTAにすごく怒られる】という三つの作品には」

そして、秋良の鼻先に指を突きつけると、ニヤリと笑って、こう言った。

「全ては、その作品に真実が隠されているで、ござる」

53
名探偵ネコミちゃん、大活躍の巻！

それから数日後、再び秋良とネコミはＧＡＮＭＡ島へとやってきていた。

「ああ！　秋良さん。来てくれたんでありますね。どうですか。山太郎さんの都合はつきましたでありますか？」

「ああ、それなら多分大丈夫だけど。今日は山太郎の棟梁《とうりょう》が描いた図面を持ってきたんだ」

「そうですか。ありがとうございます！」

図面を受け取り深々と頭を下げる雁馬。そして顔を上げると、秋良の頭に乗っているネコミの格好を見て、首を傾《かし》げる。

「あれ？　ネコミさん？　ですか？　なんとも、面白い格好をしていますね。いや、とてもかわいらしいですが」

見ると、ネコミは大きなコートを着て、頭には探偵帽、手には虫メガネを装備しているではないか。

「……ネコミは今、めいたんていネコミちゃんなんだネコ」

「めいたんてい、ネコミちゃんですか？」

「そうネコ。この島の謎を暴いてみせるネコ！！」

そうはっきりと宣言するネコミ。

その話を聞いた恵と桀一もぞろぞろとやってくる。

「へー、それは面白いな！」

「あはは。可愛《かわい》いったらありゃしねえな」

「お手柔らかにお願いする所存であります！」

とても可愛らしいネコミの扮装にニコニコとなごむＧＡＮＭＡ島のおじさん達。

「謎はすべて、めちゃんこネコミがといたネコ」

そして、ビシッと肉球を秋良に突きつけると、ネコミは身も蓋《ふた》もない真実を口にする。

「この島、全員オタクネコ」

「！！！！！！！！！！！？？」

「！！！！！！！！！！！？？」

「！！！！！！！！！！！？？」

その一言で、おじさん達の余裕の表情は一変。目を開き、衝撃的な顔になる。

「！！？？　な、なぜそれを、であります」

「おれっち様ちゃん達、必死に隠していたのに」

「ぐ……俺達のロックな秘密を何故《なぜ》」

そのGANMA島の島民達の反応が木林が想像していた通りなので、ネコミは嬉《うれ》しくて楽しくて仕方がない。

「そんなの簡単に分かるネコ。それはみんなのしょくぎょうと、くちぐせネコ！」

更にネコミはズバンと秋良の鼻ッ面《つら》に肉球を突きつける。

「いや、なんで俺なんだよ」

「さっきのが気持ちよかったから、またやりたくなったネコ」

「知らねえよ。ここの島の人達にやれよ」

「あんまりよその人にいっぱいやるとしつれいにあたるネコ」

「なんだよそれ……俺ならいいのかよ」

ツッコミを入れながらも自分が身内判定されていると感じて、満更でもない顔をするのが彼の可愛《かわい》い所でもあった。

「だが、何故、ホンカン達がオタクであると……」

「それだネコ！　その、ホンカンという呼び方が真実をにょじつに物語っているネコ。ガンマのその呼び方が『ホンカンくんにせんごじゅうきゅう』と同じなんだネコ」

呆然《ぼうぜん》としている雁馬達の顔を見て、ネコミは得意気に話し始める。

「ガンマのしゃべり方とそのかっこう。それはまさしく『ホンカンくんにせんごじゅうなんたら』のしゅじんこう、ほんだガンジのままだネコ。かといってガンマがこすぷれいやあ、というわけでもないネコ。ガンマは本物のけいさつかんで、そのマンガに憧れただけだネコ。きっと、前の世界から持ってきたギフトもけんじゅうとかじゃなく、マンガにちがいないネコ‼」

「……す、すごい。ネコミさんの仰《おっしゃ》る通りで、あります」

「あははは‼　えっへんネコ！！！」

——あはは。完全にドヤってやがる。いや、実際は木林さんの推理の完全受け売りなんだけど、やっぱり、こういう知識SUGEEEは、誰でもやりたいものなんだな。

「で、誰が行くのよ。やっぱり木林さん？」

木林によってその秘密が完全に明らかになったGANMA島だが、色々と話し合った結果、もう一度話を聞いてから鍵のかかる建築物の依頼を受けるかどうか、決めようということになった。

「いえいえ。拙者《せっしゃ》は安楽椅子探偵、もとい、ハンモック探偵ですから、現地には赴《おもむ》きませんよ」

自身のポジションに酔いに酔っている木林がそう宣言すると、ネコミが元気よく代理を名乗り出る。

「はい！　はい！　ネコミがやりたいネコ‼」

ぴょんぴょんと一生懸命跳ねた後に、クルンと回ったネコミはそれから、せっせと服を着替えて、探偵の格好になった。

「やる気満々じゃねえか……ていうか、何故《なぜ》クルンと回ってから、着替える……」

そんなこんなで、名探偵ネコミちゃんと、助手のアキソンが出動することとなったのである。要は前と同じ二人（一人と一匹）がお邪魔する、ということになったのである。

かくして、特に誰かが傷ついたり損をしたりしているわけではない、事件なのかどうかも分からないＧＡＮＭＡ島の秘密を、ネコミは解いていく。

自身の謎を全て言い当てられた雁馬は、すっかり観念して全てを洗いざらい話し始める。

「その通りなのであります。この島のＧＡＮＭＡ島はホンカンの名前のＧＡＮＭＡではなく、ＭＡＮＧＡのモノグラムなのです。ホンカンは学生時代に『ホンカンくん２０５９』に出会い、悩んでも自分の正義を貫くことに精一杯生きる、ホンカンくんのような人物になりたい、と、警察官になったのであります。それは恵さん達も同じで、それがこの島の共通点でもありまして、恵さんは『火炎の消防士～ガ組の大五郎ちゃん～』

という作品が……」

「あ、ちょっと待ってネコ」

「はい？」

全てを白状しようとする雁馬の頬《ほお》にぷにっと肉球を押し当てて、ネコミは制止する。

「言わないで」

「え？」

「……そういうのも、ぜんぶネコミがやりたいから。言っちゃダメ、ネコ。ガンマはたんていをよく分かってないネコ」

「は、はあ」

自白を禁止された雁馬は黙るしかなかった。それからネコミは曇りのない晴天のような爽やかな笑顔で続きを始める。

「更にはケイは『かえんのしょうぼうし〜ガぐみのだいごろちゃん』に憧れてしょうぼうしになったヤツだなネコ!!」

「なななな！！！　なんでネコちゃんがそれを」

「ふっふっふ。それはケイの口癖と、その格好をみたらいちもくりょうぜんネコ。ネコミは現場にいなくても、はんばーがーきっどのように事件をかいけつにみちびくのだネコ」

「ハンモック探偵な……。まあ元々は安楽椅子探偵」

「なるほど。安楽椅子ならぬ、ハンモック探偵ってことかい！　それでおいらっち様ちゃん達の秘密に気が付くとは、なんてネコちゃんだ！！！」

「ふっふっふ。そういうの、もっと言うと良いネコ」

ひげをひくひくさせながら、とても気持ちよさそうに推理を楽しむネコミ。

「その通りなんだ。おいらっち様ちゃんは『火炎の消防士～ガ組の大五郎ちゃん～』に憧れて消防士になったんだよ。そして運命に導かれるかのようにこの島にやってきた。なんと、なんとだよ。なんとこの島の四人目のおじさんがあの源氏平……」

「だから言っちゃダメだって！　ちゃい!!　ネコミはまだたんていやっているんだから。そういうのはたんていが言うものでしょ！　じゅんじょってものがあるのよ？　まだエイイチが残っているでしょ！　エイイチがなにも言えなくなっちゃうと、かわいそうじゃない！　そういうことまで考えないと！　大人でしょ⁉」

「あ、はあ……ごめんね」

絶対に自分のペースで推理を進めたいネコミに結構な剣幕で叱られた恵は、申し訳なさそうに頭を下げて舌を出した。

「エイイチは実際のきょうしだけど、そのかっこうは『ぴーてぃーえー』のあいざわえーきちにそっくりと思わせておいて実は髪の色がぎんじゃなくてしろなんだネコ！　それはすなわち【『ぴーてぃーえー』にあこがれた男がじっさいに教師になったらぴーててぃーえーにすごく怒られた】に憧れて教師になったというしょうこに違いないネコ!!」

「な！　なんとそこまで!!　嘘《うそ》だろう。完璧な推理じゃねえか」

「ふっふっふ……」

最高潮に楽しそうにGANMA島の謎を解き明かしていくネコミ。

自分達が何に憧れて今の職業についたかを全て当てられて、雁馬も恵も桀一も、完全にネコミの推理（木林の推理）に心を奪われていた。

「ネコミさんの推理は素晴らしいであります！」

「その通りだネコちゃん。可愛《かわい》いだけでなく頭も良いなんて。おいらっち様ちゃんの心に火がついちまったぜ」

「だけどよ。俺達は確かに大好きな漫画のキャラクターに憧れて職業を選んだロックな奴らだよ。だけど、それが一体何だってんだ？　それを解き明かしたところで、おめえさんに何の迷惑がかかるっていうんだよ？」

――偉《えら》いな皆。猫娘のために滅茶苦茶良いパスを出してくれているじゃねえか！

流石《さすが》は大人、更には公務員のおじさん達である。もう、ここは完全に空気を読んでネコミに合わせて探偵をやらせてくれているのだ。

「ふっふっふ。それなら、めいたんていネコミちゃんがそこんところの真相を解明してあげるネコ」

ノリに乗ったネコミは、可愛《かわい》くウインクをすると、とうとうクライマックスの展開へと進み始める。

「そう、この島はいったい何を中心にあつめられた島なのか。それはすべて、四人目のおじさんがカギを握っているネコ」

そしてズバンと秋良に肉球を突きつける。

「だからなんで俺なんだよ。やめろ」

「おじさん島への依頼。それは、四人目のおじさん、ガクトを、ヤマタロウのお願いしていたこの部屋。かぎのかかる、ぼうおんで、だけど日当たりもよくかいてきな部屋。そのおへやにかんきんするためだったネコ!!!!」

「ぐ!!!!　その通りであります」

元々自分から白状するつもりだった雁馬は幾分ホッとした表情で、その罪をあっさりと認める。

「あ、いや、だけどねネコちゃん。違うんだよ。おいらっち様ちゃん達は、岳さんを」

「ああ、そうだったネコ。いけないいけない。かんきん、じゃなくて――『かんづめ』だったネコ」

「……そう、まったく、その通りだぜ」

疲れた笑いを浮かべながら、桀一もそのことを認めた。

「四人目のおじさん、ガクトにはもう一つ名前があるんだネコ。それがゲンジヘイタロウという、名前だネコ。ゲンジヘイタロウというのはマンガを描くおじさんの別の名前。つまり、ガンマとケイとエイイチの三人は、それがげんいんで自分の仕事を選んだくらい、ガクトの大ファンだったということネコ。ガクトに、マンガを描いてほしくて、おじさん島に部屋をつくってほしいって依頼をしたんだネコ」

オタクと漫画家のいる島、それがＧＡＮＭＡ島の正体だったのである。

◇　◇

「ＧＡＮＭＡ島の今回の建物依頼の目的とは、源氏平太郎《げんじへいたろう》先生に、それぞれの作品の続きを書いてもらうためだったんでござる」

ズバンと秋良の鼻先に指を突きつけて木林が告げる。

「いや、俺に指を突きつけられても……。え？　どういうこと？　そのなんたら先生ってのが何で突然出てくるの？」

「よろしいですか。拙者《せっしゃ》が先ほど言った『ホンカンくん２０５９』『火炎の消防士〜ガ組の大五郎ちゃん～』【『ＰＴＡ』に憧れて教職員になった男。ＰＴＡにすごく怒られる】の共通点は、全て同じ作者の作品、ということなんです」

「え？　そうなの」

秋良の問いに自信満々に首を縦に振り、木林は続ける。

「そうなのです。そして、それらの連載は現時点で全て止まっている、もしくは雑誌自体が廃刊になったりで、続けられない状態」

「マジかよ。それって……」

そんな彼らが同じ島に集った。四人目には原作漫画家がいる。

「そうなったら、秋良殿だったら、源氏平太郎先生に、何を望むでござるか？」

「まあ、続きを描かせたく、なるかな？」

「その通りでござる！！」

それが、ＧＡＮＭＡ島の希望、だったのである。

◇　◇

「流石《さすが》は名探偵ネコミちゃん。火のない所に煙は立たず、マッチ一本火事の元、だねえ」

「ああ、これは『大五郎ちゃん』での犯人の名台詞《めいぜりふ》なんであります」

「知らねえよ」

ネコミは雁馬の前に行き、頭によじ登ると肩にポンと手を置き、優しく尋ねる。

「なんでネコ？　なんでこんなことを？」

「それは、全ては源氏平太郎先生の続編を読むためです」

「それは『ホンカンくん』のことかネコ？」

「そうです。『ホンカンくん』はホンカンの、僕の人生と言っても過言では、ありません。ですが、既に『ホンカンくん２０５９』の連載は5年止まっています。ホンカンはその続きをずっと待ち続けてきました。それが、まさかこの島で、源氏平太郎先生と同じ住民になれるなんて。勿論《もちろん》、島リーダーとしてこの島を、子供達の住みよい島にすることは最優先事項であります。ホンカン達三人は、まずそれを誓《ちか》ってこのゲームに参加したのであります」

「そういや、あの四人目の、岳人さん。あにまるの子供達に絵本を読んであげてたな。あれって……」

「そうです。あの絵本はこの島の子供達のために源氏平太郎先生が描いてくださったものなのです。しかも『自作の絵本をあにまるの子供に読んであげる』というのはシークレットノルマで、１００オジもらえるのであります」

「……半端ねえな」

しっかりとスタンプにも貢献してくれている、というわけだ。それなら創作意欲さえ湧けば、という一縷《いちる》の望みから、彼らは岳人、源氏平太郎先生の執筆環境を整えようとしたのだろう。

「それにしても、外鍵までつけようとしたのは、流石《さすが》に魔が差したとしか言えないであります。敬愛する源氏平太郎先生をカンヅメにするなんて……ああ、自分が恐ろしい、で、あります」

「そうだったのかネコ……このじけんのうらに、そんなひげきてきなシナリオが……」

ネコミは憐《あわ》れみの表情で雁馬を見下ろすと、深くため息を吐《つ》いて首を横に何度も振った。

そして次に消防士の恵の前に行き、頭によじ登ると肩にポンと手を置き、優しく尋ねる。

「なんでネコ？　なんでこんなことを？」

「あ、いや。ええと、だから雁馬っちが言った通りなんだけど。おいらっち様ちゃんも源氏平太郎先生の大ファンで、『火炎の消防士〜ガ組の大五郎ちゃん〜』の続きをどうしても描いてほしかったんだ。あと、それにおいらっち様ちゃんは先生のイラストも好きだから、漫画じゃなくてもちょっとでも絵を描いてもらえたらな、とは思っていて……。そんな、感じ」

「そうだったのかネコ……。それはケイにもさぞや悲しい過去と、いかんともしがたいどうきがあったんだネコ……ほんのちょっとのボタンのかけちがいが生んだひげきネコ……」

ネコミは大袈裟《おおげさ》にうんうんと頷《うなず》いたり首を横に何度も振って、しみじみとしてから、今度は榮一の前に行き、頭によじ登ると肩にポンと手を置き、優しく尋ねる。

「なんでネコ？　なんでこんなことを？」

「いやお前、それ全員にするつもり！！！？？？　いい加減面倒くさいんだけど‼」

こらえきれずに秋良が大声でツッコむ。それには真相を暴かれて下手に言い返せる雰囲気ではなかったGANMA島のおじさん達も、少しホッとした表情を覗《のぞ》かせた。

「……アキラ？　だって、これ、めちゃんこ気持ち良いネコよ？　アキラもやってみたら分かるネコ。めちゃんこはまるに決まっているネコ」

「いや、まあ、言いたいことは分かるけどね……。探偵ものの醍醐味《だいごみ》だろうけど。ていうか、気になるんだけど、おじたくろうは実際はどういう意図でこの面子《メンツ》を集めたっていうの？」

そう尋ねるとすぐに目の前に隠居のおじたくろうが現れて説明を始める。

「ま、まあ、元々僕はわかものの時から漫画が好きだったたく。そ、そして隠居になってからも漫画に関しての熱意は、残っていたから、下界で色んな漫画をリサーチしていたんだなたく。そ、それと同時に友達のおじきちが『はたらけ！　おじさんの森』を立ち上げようとしていたから、それなら丁度いいやって、条件の中から漫画好きと漫画家を選んで、こうなったたく」

「完全に自分の趣味全開じゃねえかよ。まあ、オジキンとかも似たようなもんだけど。で、全員漫画家にしなかったのは何でだよ」

「それは流石《さすが》に僕の趣味に走りすぎだたく。間違っても、これは僕のためのプロジェクトではないたく。それに、そんなことしてしまうと、誰も仕事しなさそうだったたく。基本的に漫画家はどう締め切りを延ばすかばかり考えている、怠《なま》け者たく。このプロジェクトの本分として、きちんとあにまるを世話してくれるおじさんじゃないと絶対にダメだったたく。だから真面目に仕事をしつつも漫画が好きな『森田』という者達を集めてたら、奇跡的に源氏平太郎本人とそのファンを揃《そろ》えることが出来たたく」

「そこの基準は、まあ、ちゃんと考えてはいたわけだな」

きちんと仕事をしながら自分の趣味に没頭出来る者達。あにまるの子供達をおざなりにもしない。まずは島生活を優先。そのためになら、いくらでも頑張れる。正直、尊敬に値する人材であった。

「おじきちが俺達の世界のゲームからヒントを得てプロジェクトを考えたって言ってたな。それなら漫画やアニメ、他のコンテンツをリサーチしててもおかしくないのか。にしても、隠居になったら俺達の世界にも来れるってのは、便利だな。なんでもありじゃん。おじきちなんか出会った時、俺と進さんに金縛りみたいなもんもかけたからな」

それに、今おじたくろうが秋良達のいた世界を何気に「下界」と言ったのも気になった。異世界、ではないのだろうか。やはり神だから「下界」という言葉を使っただけなのか、少しそこが引っかかった。

とはいえ、おじたくろうの説明を聞いて、この島がどういう島なのか、すっかりと謎は解けたのだった。

「で、どうするんだ？　これ、建てちゃっていいの？」

そういって秋良は雁馬の前に再び図面を突きつけると、雁馬は泣きながら地面に崩れ落ちた。

「……いえ。諦《あきら》めます。いや、本当に、源氏平太郎先生に快適な島生活を送っていただければ漫画の続きを描いてくれるのでは、という希望的観測だっただけなんです。良い環境を、用意すれば、先生も……」

「だけど、さっきも言ったけど欲が出てしまったね。鍵をつけるなんて考えたのはよくなかった」

「めいたんていネコミちゃんに見破られて丁度良かったってこったな。俺達にも迷いがあたからな」

「……だから、なぞを解いてほしくて、こんなに分かりやすいことをしたんだネコね。とっても簡単だったネコ」

事件をすっかりと解いてしまったネコミは、ニコニコ笑ってうんうんと頷《うなず》く。

「いや、木林さんだからね。簡単に解いたのは。実際無理ゲーだよ。こんなん木林さんがいなかったら完全に迷宮入りだからな」

事件が解決したまさにその時、砂浜に源氏平太郎こと、森田岳人が姿を現した。あにまるの子供達と手を繋《つな》いで散歩をしているところだった。

「……あの先生だってこの島で安息を手に入れたんじゃねえの？　いつか、気が向いたら続き、描いてくれるよ」

「そうですね。ホンカンも希望を捨てずに、よりよい島生活を続けたいと思うであります。そうすれば、いつか『ホンカンくん２０５９』に『火炎の消防士〜ガ組の大五郎ちゃん〜』【『ＰＴＡ』に憧れて教職員になった男。ＰＴＡにすごく怒られる】や『旅客少女』の続きを描いてくれるかもしれません！」

「…………え？」

そこで秋良は思わず聞き返す。

「え？　なんだって？」

「いや、よりより島生活を続けたいで、あります」

「いや、その後だけど。その、作品名言ったよね？」

「『ホンカンくん2059』でありますか？」

「その後」

「『火炎の消防士〜ガ組の大五郎ちゃん〜』かい？」

「その後」

「【『PTA』に憧れて教職員になった男。PTAにすごく怒られる】だろ？」

「その後」

呆然《ぼうぜん》としている秋良を不審に思いながらも、雁馬がその作品の名前を、答える。

「……『旅客少女』でありますか？」

「………………『旅客少女』!?」

「は、はい」

「え、いや、だって、違うじゃん。『旅客少女』は源氏平太郎先生じゃ、ないじゃん」

「ああ、源氏平太郎先生は、少女漫画名義の時はペンネームが違うでありますから」

「え？　じゃあ、あの人が、『旅客少女』の無限回廊ワタル先生？」

「ああ、作者だよー。おいらっち様ちゃん、『旅客少女』も好きだな。イップスで飛べなくなる話も泣けるし……」

「ふーん。ふーん」

「あ、秋良っち。どこに行くの？」

「秋良さん？」

ふーん、ふーん、と口ずさみながら、ふらふらと秋良は砂浜の、岳人が歩いている場所へと近づいていく。

「……え、えと。な、なんでしょう？」

おどおどした態度の岳人に、秋良は高圧的に話しかける。

「……おい。今度俺達はこの島に最高に快適で過ごしやすい部屋を作るんだが」

「は、はあ」

「それが出来たらすぐにあんたを缶詰めにするからな」

「ええ！！！？？？？　僕を？？？？　ですか！！？」

「秋良さん！！？？」

「どうしたんだい！！？？　突然!!」

「何を言ってやがんだ秋の字！！！」

それには追いかけてきていた雁馬に恵、榮一も驚きの声をあげる。

「働かざる者食うべからず。そんなぼんやりと過ごしていいのはあにまるのガキどもだけだよ。あんたははたらくおじさんとしてこの『はたらけ！　おじさんの森』にやってきたんだろう。絵を描いたらスタンプもらえるんだから、沢山漫画描かなくてどうすんだよ」

「えええええええええええええ？？？？？？？」

「あ、最初に続き描くのは『旅客少女』で、よろしく。あれ、大好きです。妹も大ファンです。今度サインください」

　突然情緒がおかしくなり、岳人にお願いをし始める秋良。それには慌てて雁馬達も負けじと便乗する。

「いやいや。『ホンカンくん』を先に」

「『大五郎ちゃん』を是非!!」

「『PTAに怒られる』だぜ!!」

　そこには、欲にまみれた、大人達の姿があった。

　それを見て、ネコミは長いコートの襟を正しながら、やれやれと呟《つぶや》く。

「まったく、おじさんというのは、ゴウの深いいきものネコ……」

54 チュンリー、贔屓《ひいき》する

チュンリーには得意とする仕事があった。それが裁縫である。

力仕事や汚れ仕事は羽が汚れて飛べなくなるのでそもそも雀族《すずめぞく》には向いていない。

頭が回り、てきぱきと働くため、雀族は他のあにまるが相応の年齢になり、わかものの下で働くためにメインランドに送られる歳《とし》になっても施設に残り、年下のあにまるの教育や、ライン管理などに回ることが多かった。

初めは木林のために木の実や花で首飾りや王冠を作っていた。小物作りが上手なことに目をつけた進が、服飾系の専門学校に行っていた秋良に、服の作り方を教えてあげられないかと頼んだことがはじまりであった。

それからは秋良の指導の下、めきめきと実力をつけていっているのであった。

「あの、ススム。ちょっと新しい布が欲しいんでスズメ」

「おお、チュンリーさん。分かりました。すぐにスタンプで交換しますね。今回はどんな服を作られるのですか？」

「ネコミの新しいワンピースも作ってほしいネコ」

「うふふ、分かりましたスズメ」

と、このような会話も日常茶飯事となり、おじさん島の特色といっても差し支えないほどになっていた。

服を作ると20オジがもらえる。布自体は生地や量にもよるがそれよりも少ないスタンプで交換出来るから、仕入れから利益をしっかりと得ることが出来、スタンプ稼ぎに手堅い仕事である。

スタンプが貯まると秋良が進に頼んでミシンを交換してもらい、チュンリーに使い方を教えた。そこからは更に服を作るスピードが加速度的に上がり、生産性が増していった。

また、フラワー島からも依頼がきたりと、自分の島だけではなく、外にまで広がりを見せ始め、進の中での今後の島発展のビジョンにもしっかりと反映されているのであった。

そして、何よりもそういった服飾の作業をチュンリーは大好きだった。いつも楽しそうに服を作る様子を見て、進も秋良も微笑《ほほえ》ましく思っていた。

だが、そんなある日、秋良にブタサブロウからクレームが入る事態となった。

チュンリーの作った服がブタサブロウの分は手抜きしているというのだ。

「手抜き？　いや、それって本当かよブタ野郎」

「本当ブタ。明らかに俺の服が手抜きされているんだブタ」

秋良とブタサブロウは同じ部屋に住んでいる。二人（一人と一匹）でお昼を食べ終わった後、ブタサブロウが落ち込んだ表情でそんな相談をしてきたのだ。

「ええー。そうかな。勘違いとかじゃなくて？　だけどチュン子はそういう風に人やあにまるによって、出来栄えとかを分けたりしなさそうだけどな。そこはプロ根性があると思っているんだけど」

　島生活で、島の住民だけに作る服で特にプロ根性など必要ないと思うが、ブタサブロウはそこはスルーして、ある服を自分の洋服掛けから取り出す。

「俺だってチュンリーのことは信頼しているブタ。だけど、まずは黙ってこれを見てほしいブタ。俺がチュンリーに作ってもらったステージ衣装なんだけどブタ」

「ステージ衣装」

「この、生地のスパンコールの部分を見てほしいブタ」

「スパンコール」

「俺はここの生地が黄色の丸いヤツなんだけど」

　そういってブタサブロウが差し出してきたそのステージ衣装を見て、秋良は感嘆のため息を吐《つ》く。

「うん。いや、これは悪くないよ。なかなか良い生地だぞ。黄色でピカピカで目立つ、凄《すご》く良い衣装じゃねえか。スパンコールを服にしようなんて、これだけでもかなり力量がいるんだから、手抜きだとか、そんなこと言っちゃあダメだよブタ野郎。罰《ばち》が当たるぜ」

そう秋良は断言した。そもそもスパンコールの加工なんて手を抜いて出来るものではない。だが、ブタサブロウの主張はまだ続くようで、もう一着洋服掛けから服を取り出して秋良に見せる。

「だけど、これがキバヤシのステージ衣装なんだけど。あ、ちゃんと借りるって言って借りてきたから安心しろブタ」

「ステージ衣装。木林さんの」

ブタサブロウはシャラシャラと音を立てる衣装を秋良の目の前に突きつける。

「ほら、見てくれよ。キバヤシのスパンコールは金色！　金色で星型のヤツなんだよ。俺のスパンコールは黄色、黄色で丸型なのに、キバヤシは金色で星型！　これって確実にひいきブタ！　二人で並んで立ったら確実に俺が見劣りするに決まっているブタ!!　ファンの声援がキバヤシだけに集中してしまうブタ」

「ファンの声援……。まあまあ、そう興奮するな。いや、まあ、そうだけど、スパンコールっていうのはそれ自体がそもそもきらびやかだからな。黄色とか、金色とか、丸型星形の話じゃないんだよな。それに二人（一人と一匹）してまったく同じ衣装だったらおかしいだろう。双子デュオとか、お揃《そろ》いの衣装の漫才師とかだったら、まあなくはないけど。眼鏡のおっさんと豚族の子供だからな。だからコンセプトを変えるためにもブタ野郎は黄色の丸型。木林さんは金色の星型、とちょっとアクセントを変えて、演出的に違う仕様にしたに違いないよ」

「演出、ブタ？」

「ああ、そうだ。そうやって衣装も形を変えたりするもんなんだよ」

そうはっきりと答えた秋良だったが、実際にこの二つの生地だと、木林の方が確実に仕入れ値のスタンプは高く見積もられるだろうと内心確信していた。形も丸型より星形の方が断然に高価である。加工の度合いが格段に違うからだ。

「だけど、それだけじゃないんだブタ。生地だけじゃなくて、このステージ衣装のフリンジ袖の部分も見てくれよ！」

「袖のビラビラしている部分ね。よく知ってたな、フリンジ袖っていう名称」

「ここのフリンジ袖のすだれの部分の長さも俺とキバヤシのでは、違うんだブタ！　キバヤシの方が俺のより長いブタ」

「うーん。確かに、言われてみればそうかもしれないけど、ほんのちょっとじゃねえかよ」

ブタサブロウは騒いでいるが、精々、2、3センチの違いである。それだけ木林が長いが、秋良は既にそれよりも重大な、別の部分について気が付いていた。そう、それはそのフリンジ袖の素材である。ブタサブロウのステージ衣装のすだれ部分はポリエステルの布を裂《さ》いて、それをほつれないように線状に縫い直した、要は細い紐《ひも》である。それだけでもかなりの手間暇がかかっているのだが、問題は木林の方なのだ。

　木林のステージ衣装のすだれ部分は、まず素材がシルクである。滑《なめ》らかで上品な手触り、かなり高価なものが使われているのが分かる。この時点で長さなど問題ではない。これに関しては明らかに木林が贔屓《ひいき》されているのだ。そのことをブタサブロウに悟られないように、秋良は慎重に会話をする。

「いやあ。だけどこれはあんまり長くても歌っている時に邪魔になったり、ファンに手を振っている時に顔にかかって気になったりして、うん、あんまり、あんまりよくないよ。うん、あんまりね」

「だけど、俺も長い方がよかったブタ……。二人（一人と一匹）で並んだ時に俺の方が短いってファンから指摘されたら、嫌な気持ちになってしまうブタ」

「ま、まあ、今度作ってもらう時に長くしてもらおうぜ」

　完全に木林が贔屓されている（ブタサブロウが手抜きされている、わけではなく、あくまで木林への贔屓、である）ことが判明したのだが、とりあえずここはブタサブロウを宥《なだ》めてからチュンリーに真相を聞くしかないと秋良は思っていた。だが、それでもブタサブロウの主張には続きがあった。

「まだあるブタ」

「まだあるの？」

「この、ステージマイクを見てほしいブタ」

「ステージマイク」

そしてブタサブロウはマイクを秋良の眼前に差し出す。

「このマイクのグリップに施《ほどこ》された装飾なんだけど、これもチュンリーにやってもらったんだブタけど、明らかに装飾の数とか、派手さが違うんだブタ……」

要は、マイクについている飾り付けに差があると言いたいのだろう。マイクにリボンやレースがくっついているのだが、これはブタサブロウと木林のものを比べると、見た目が歴然と違っていた。

勿論《もちろん》、何度も繰り返すがブタサブロウのマイクが手を抜かれているわけではない。ブタサブロウマイクはリボンをブタの鼻に見立てた派手な飾りである。これには金のビーズや大きなフリルにラメ等がちりばめられていて、まったく安っぽさも感じられない、立派なマイクであった。そう、このマイク単体で考えると、である。問題は木林のマイクの出来である。

木林のマイクはリボンを眼鏡に見立てているのだが、眼鏡だけにとどまらず、そもそも木林が完成していた。眼鏡の上の部分、つまりマイク自体にバンダナが巻いてあり、更にマイクのスタンド部分はいつも木林が着ているチェックの服を模《も》している。つまり、分かりやすくいうとこれは木林マイクである。これを木林が使うとなると、スパンコールで着飾った木林が、普段の木林そっくりの形のマイクでパフォーマンスをするという、おじさん×おじさん×ブタの子供、という、ちょっと高次元すぎて意味がよく分からないけど興味はそそられるコンサートになるのは火を見るより明らかであった。

「これじゃあ、オーディエンスの注目はキバヤシだけに集中して、俺のパフォーマンスには誰も見向きもしなくなってしまうブタ」

「いや、まあ、そもそもなんでステージ衣装なんてものがあるのか分からないけど。お前、ステージになんて上がることある？　そんな機会、あるっけ？　あとさ、これって木林さんとの二人（一人と一匹）のユニットかなんかなの？　基本的に二人で並ぶこと前提に話していたけど。いや、そもそもの話して申し訳ないけどさ？」

　とうとう根本的なツッコミを我慢出来なくなってしまった秋良。ブタサブロウは落ち込んでいるのであまり強くは言わないが、それでも正直さっきから自分が一体何の話をしているのか、不思議でたまらなかった。

「それに関しては、色々とレクレーションとか、それこそ同盟島が増えてきたから、観光の時とかに披露するんだブタ」

「観光。なんだ。進さん、アイドル外交でもおっぱじめようってのかよ……」

「いや、これはそもそもキバヤシのアイデアだブタ」

「木林さん自身のプロジェクト……。プロデューサー兼アイドルのゴリゴリのおじさん……まったく、マジわけわかんねえな」

それこそブタサブロウの前では言わなかったが、やらせるならネコミやチュンリーにやらせれば良いのに。それに音楽的センスなら島のテーマソング作りに貢献したコリスが一番に決まっている。ブタサブロウがどうという話ではなく、最初の時点で方向性が間違っているように感じられた。

「まあ、根本的な話は一旦おいといて（なんか追及するのも怖いから）、この衣装やマイクに関しては、俺の方からそれとなくチュン子に聞いておいてやるよ」

「ありがとうブタ。それとなくでいいからブタ。チュンリーの口からストレートに『ああ、ブタサブロウなんてどうでもいいから、豚の衣装は手抜きしたスズメ』なんて言われたら、俺はもう立ち直れないブタ」

「あはは。何をネガティブになってんだよ。大丈夫だよ。チュン子に聞いておくよ」

実際に手抜きではないが、木林の方だけかなり贔屓《ひいき》をしているのは確かであった。ブタサブロウに言うと面倒だし（何度も何度も言うが、ブタサブロウの方もかなりの完成度である）例えばこれが実際の仕事で、依頼主がブタサブロウだったらと考えると、また話は変わってくる。

お客様は神様だなんて古臭い考え方はないが、クリエイターというものはやはりクライアント至上主義な所はある。勿論《もちろん》、名の売れたアーティストやクリエイターとなるとその人物が作った物自体に価値がつくことが多々あるが、それとはまた別の話である。受け手が満足したものを作る、という考え方は大事であり、それを教えるのも秋良の役目であった。

早速工房でチュンリーが作業をしている時に秋良はそれとなく聞いてみたが、返ってきた答えはある程度予想していたものであった。

「え？　手抜き？　そんなことしていないでスズメ」

そう、それは間違いない。秋良は手抜きを責めているわけではないのだ。

「確かにブタ野郎の衣装もマイクもしっかりと出来ていた。そう、つまり俺が言いたいのは、木林さんの衣装やマイクだけ、贔屓されている、ということなんだ」

だが、この問いに関する返答は、秋良の予想とは違っていた。

「え？　私はブタサブロウもキバヤシのステージ衣装も同じ労力で作りましたスズメ。どっちの方に力を入れた、なんてこと、ありえないでスズメ」

「お、おう……」

最初はしらばっくれているのかと思った。だがすぐにチュンリーはそんな誤魔化《ごまか》し方をする雀《すずめ》ではないと思い直した秋良は、冷や汗をかく。まさか……ひょっとして。

「まさか、チュン子。お、お前……自覚が、ないのか？」

「ちゅん？」

やはり、そうなのか。そこで秋良はブタサブロウから借りてきた、木林とブタサブロウのステージ衣装を差し出す。

「なら、自分の目で、確かめてみるんだ」

「ええ……。でも、どっちも同じだけの労力でやりましたスズメ。それは間違いないで……………」

チュンリーは渋々といった表情で、秋良からステージ衣装を受け取って見比べ始めた。

初めは訝《いぶか》し気な瞳で交互に眺めていたのだが、次第に目をぱちくりさせると、マジマジと交互に衣装を確認しだした。

「……え？　これはどういうことでスズメか。いや、だって私はちゃんと平等に、平等に……キバヤシのスパンコールの方が、星型だって。え、でも、これはキバヤシには金色の星が似合うと思って、ススムにオーダーしただけで、別にキバヤシを特別扱いしたわけじゃなくて……。フリンジ袖に関しても、キバヤシの袖に垂れるのであれば、それ相応の素材じゃないとキバヤシの輝きに負けてしまうと思ってフリルを……あれ？　このマイクは……マイクは…………突如インスピレーションが湧き上がってきて、キバヤシの分身をイメージさせたマイクは最高に素敵だと思って……キバヤシそのものをこの世に具現化させようと様々な加工や装飾を………」

段々とその表情を曇らせ、自身の作った衣装の違いに気が付いていくチュンリーを、秋良は不憫《ふびん》そうに見つめて、ため息を吐《つ》く。

「マジで、無自覚だったんだな。すごいなチュン子」

「……これは、ちょっと反省ですスズメ」

そこそこ真剣に落ち込むチュンリーであった。それは彼女にとって服作りが自分の仕事だと思っているという証拠であった。気が付かずに私情を挟んでしまっていたのだ。あれだけ大好きな服作りと、大好きな木林で、無意識に木林に比重を重くしてしまっていたのだ。

そんなチュンリーを見て、秋良はこう声をかけた。

「えらいぞチュン子!」

「え?」

「まず、きちんと反省する時点でえらい。反省するってことは、自分のダメな所が自分で見えているってことだ。失敗しても周りの所為《せい》にするヤツはそもそも反省のしようがない。その点お前は自分で自分の失敗に気が付いて、それを反省している時点で凄《すご》く偉《えら》いんだ。なかなか出来ることじゃない」

「だけど、それもアキラに教えてもらったからですスズメ。アキラが言わなかったら自分で気が付かずに、これからもずっとキバヤシを贔屓《ひいき》したものばかり作り続けていたでスズメ」

「まあ、プライベートなら全然贔屓してもいいんだろうけどね。というか、同じ島なら家族も同然だし。ブタサブロウの文句も、家族の間で差をつけられたって意味合いが大きいから、別に気にすることじゃねえし。だけど、これがよその島相手だったら、また話は違う」

「よその島？」

その問いかけに、秋良は本題を話し始める。

「まあ、同盟島の中でもフラワー島とかにはいくつか服は卸《おろ》しているけどな。あれは要は試作というか、モニターだな。俺達の仕事が外の島でも通用するかっていうな」

「え？　外の島でも、服を作るんですかスズメ？」

「おうよ。その方がスタンプも貯まるし、物々交換も出来るし、俺達のデザインや技術を更に向上させ、世に広めることだって可能なんだよ」

「それって。それって……」

「つまり、ここらでいっちょ俺達の店を立ち上げてみないか!!　ってことだな」

ぶどう島での同盟の際に、デザイナーの雄介に言われて、秋良は色々と考えていた。折《せっ》

角《かく》やるなら、やはりチュンリーと一緒でなくては。

「店、ですかスズメ」

「ああ、そうだ！　俺達のブランドだ！　いや、これってかなり需要もあると思うし、すごく良いと思うんだ。俺達のブランドを立ち上げて服を作ってよその島で売る！　なんならこっそりメインランドに卸《おろ》してもいいんじゃねえか？　なんとか流通も考えてさ。俺も、チュン子も、デザインだってやっていいし。なんならぶどう島の雄介さんと一緒に考えてもいいんだしさ。だって木林さんとブタサブロウのステージ衣装。あれはチュン子がデザインしたってことだろう？　いや、あれはマジで凄《すご》いぜ。俺達の島だけで収めておくにはお前の才能は惜しい。だからさ、ものは試しで、店を始めてみないか？」

「ブランド……デザインですかスズメ」

正直チュンリーにはよく意味の分からない言葉ではある。だけど、夢のような響きであることは理解出来る。わかものの支配下で施設にいた時は、そもそもが「個」など存在しなかった。与えられた仕事を当たり前にこなし、それで評価されることもなく褒められることも一度もなかった。

だが、秋良と二人で店を出して、自分でデザインして、それを他の島に売り出す。もちろん、絶対に好評となるとは限らない。酷評され、批判されることもあるかもしれない。だけど、そうだとしてもそれは自分が、「チュンリー自身」が認められたから、である。

名前の無い一介の労働者ではなく、雀族《すずめぞく》のチュンリーとしての、仕事。

　仕事には責任が生じると進の社会の授業でも教わった。それは、緊張するし大変だとは思うけど、今既に、胸のわくわくはずっと抑えられないでいる。

「アキラ、私、やってみたいでスズメ」

「そうこなくっちゃ‼　よし、じゃあ店舗は山太郎の棟梁《とうりょう》に作ってもらうとして。あ、こうなったらこれもコリ坊に頼んでみるか。コリ坊にチュン子の考える店のイメージを伝えてさ。それなら内装も大事だからな。服を置く棚や、マネキンみたいなものとか、自分が好きなようにやってみろよ。俺は俺でお前に負けないくらい格好良い服を作ってやるからよ」

「アキラはどういう服を作りたいんでスズメか？」

「俺か？　俺はやっぱりシンプルだけどお洒落《しゃれ》っていうか。黒いTシャツにしてもワンポイントあったりだとか、何か工夫がしてある服が好きだな」

「なるほど。私はやっぱりあにまるが着るための服を沢山作りたいでスズメ」

「あにまるの服な。そうだよな。俺はあにまるの服作れないもん。それって、この世界に住む住民のアイデンティティでもあるのかな。それぞれの種族用で同じデザインの服を作って売れたら最高なんだけど、なあ」

「なるほど。それは面白いでスズメ！」

あにまるにとっても、意外と服には思い入れがあるものである。ブタサブロウは姉に作ってもらったTシャツがお気に入りだし、コリスもいつも身に着けているスカーフを大切にしている。ライオネスは、道着の下だけだが……まあ、大人のあにまるになるほど鈍感になるのかもしれない。

ブタサブロウと木林のステージ衣装の話から、いつの間にかブランドを立ち上げる話になってしまった。

「ていうか、なんでアイドルなんてやり始めたんだよ。一体誰のアイデア。あ、木林さんって言ってたっけ？」

「ええと。GANMA島と一緒に、なんというか『イベント』？　っていうのをやりたいみたいでスズメ」

「ふうむ、なるほど。………俺にはまったく理解出来ない世界の、ヤツだな」

この後、眼鏡のおじさんがセンターを務め、周りを47種族のあにまる達が固めるアイドルグループが、あにまるワールドを席巻《せっけん》するのは、まだまだ先の話だとか、そうでないとか。知らない。

55　木林先生のプログラミング授業

　今日は木林のプログラミングの授業の日である。基本人前で話すことは苦手で緊張して吐いてしまいそうな木林だが、あにまるの子供達のために自分も何か貢献したいと、フラワー島の管理人であるミズホの協力も得て、今まで準備してきたのだった。

「えー、あにまるの皆さんにプログラムのなんたるかを教えたいのでござるが。この世界にもゲームはあるそうでござるな」

　おじさん島の教室の机にはネコミ達、おじさん島のあにまるに、フラワー島のあにまる、イヌスケ達も座っていて、木林の授業に参加していた。折角《せっかく》だからフラワー島の子供達も一緒に授業を受けさせてはと、ミズホが提案したのだ。

「ゲームブタか？　わかものがやっているのをみたことはあるけど、やったことはないブタ」

「パパパン！　我はやったことあるぞ！」

「ええと、たしかスタンプ１０００オジで交換が出来る、『エクスプロージョンファイナルプレイヤー』でしたっけ」

「そうそう。我は『ディメンションファイター』のSSランクパンダ！」

パンダが意気揚々と手を上げて自慢する。パンダ族は陰宮《いんぐう》に幽閉されていたのだが、そこでの生活は悠々自適で、それこそわかものばりに贅沢《ぜいたく》し放題だったと彼は語る。

「その、あにまるワールドのゲームって一体どういうものなんですか？」

「もっぱらシューティングだパンダ！」

「ほうほうほう！！『ディメンションファイター』もでござるか？」

「当然パンダ。まあ、アクションゲームもあるけど、なんだかんだでわかものは、弾を避《よ》けたりするシューティングゲームが好きパンダ」

きっとRPGやシミュレーションだと時間がかかってしまうので、35歳で隠居となってしまうわかもの達には、プレイ時間がもったいないのだろう。

「ペリカン族の機体を動かして木の実をどんどん食べていくというヤツだパンダ」

「へえ！　あれなんだな。主人公とかはあにまるになるんだな」

「当たり前パンダ。だって、そのゲームを開発しているのだってあにまるなんだからな。主に猿族が開発に関わっていて、施設でも、その後のメインランドでの労働所でも、猿族は優遇されるようになっているパンダ」

あにまるの中でも能力や種族によって、差が生まれるらしい。そして、労働力もそれを回すものも、頭脳も、全て基本あにまるなのだ。そういえば、ショーバイショーバイ島に猿族がいたはずである。ゲームについて質問してもいいかもしれないと、木林は思った。

「さて、それでは授業を始めるでござるが。まあ、パンダ殿には分かると思うでござるが、プログラムとは一種の約束であり、コンピューターを作動させる歯車のようなものでござる。それを組み込むためにはコンピューター言語が必要となり、この言語というものがまた沢山あって、有名なものでいうとC言語にC++やJavaScript、Swift、Java、Kotlinなんていうものもあるでござるな。これでゲームエンジンを組んで仕様書に合わせてプログラミングしていくんでござるがそれを作るには更にプロトコルを組んで何度もテストプレイをすることによってバグを発見するでござる。この作業が有名なデバックでござるね。わざと誰もしないような行動をとったりするのも大事でござる。これによって見逃されたバグが昔は裏技なんて言われて、分厚い本になって売り出されたりもしていたので、それはそれで面白いものでござるが、さてプロトコルを組むうえで必要な三大要素が…………」

　軽快な口調で説明をしながら、木林はカツカツと黒板に「C言語」やら「プロトコル」などと板書していく。

「さあ、今のところの説明、皆さん分かったでござるか？　分からなかったあにまるさんは手を上げてくだされ。もう一度説明するでござるから」

　すると、教室の全員が手を上げて木林はぶったまげる。

「やや！！　なんと全員！！？？　全員でござるか！！？？」

「当然だブタ」

「ちんぷんかんぷんネコ」

「ええとでござるな。ではもう一度説明するでござる。プログラムとは一種の約束であり、コンピューターを作動させる歯車のようなものでござる。それを組み込むためにはコンピューター言語が必要となり、この言語というものがまた沢山あって、有名なものでいうとC言語にC++やJavaScript、Swift、Java、Kotlinなんていうものもあるでござるな。これでゲームエンジンを組んでまあ仕様書に合わせてプログラミングしていく……」

「ええいもうやめろそんな呪文みたいな説明。こいつらには理解出来ないパンダ。プログラミングっていうのは要は予定ってことだろうパンダ。明日は魚を釣るつもりで、５匹釣れたらそれでノルマ達成。その時にもし昼時なら一度帰って昼ごはん。まだまだ朝なら、そこから更に２匹釣る、と決めていて、みたいな、計画を前もって定めていて、その通りに行動する、といった感じパンダ。そんな風にもっと身近なもので例えられないものか」

流石《さすが》はあにまるの歴史などを担当して授業をしているパンダ先生である。スラスラと要約すると、木林は感嘆のため息を吐《つ》く。

「おお……素晴らしいでござる。パンダ殿には些《いささ》かの造詣《ぞうけい》があるかに思えますが」

「ふん、だから我をなめるなパンダ。我はメインランドの中枢《ちゅうすう》、神々の塔にある

『母なる神《マザーママ》』に新しい指示を下すことが出来る『白と黒の世界《モノクロザワールド》』を駆使する唯一かつ特別な存在のパンダ族だパンダ。ほかのあにまると一緒にするな。そして、誰も今のお前の説明じゃ分からないパンダ！」

「なんと……。そんな……、拙者《せっしゃ》、なんて教えるのが下手なんでござるか。そういえば、拙者仕事でもなんでも、過去に誰か教えた経験など、皆無でした。部活もやっていなければ趣味はネトゲ、仕事は在宅故《ゆえ》、後輩がいた記憶もなく、誰にも何も教えたことがないでござる。そんな人間に、子供達にプログラミングを教えることなんて、不可能で、ござる……おわり……」

授業開始早々、髪をかき乱し、絶望に打ちひしがれて膝《ひざ》をついて号泣する木林に、助手のミズホが助け舟を出す。何やらカードの束《たば》のようなものと、折りたたまれた大きな紙が入った袋を木林の前に差し出す。

「ああ、ミズホ殿。そうだったでござる。これがあったでござる。ええと、皆さん。ちょっとこれを見てほしいでござる」

そうして木林は、大きな紙を黒板に貼り付ける。それにはいくつものマスが描かれていて、そのマスの中には岩や草に川など、何やらマップのような絵がいくつかちりばめられている。

そして、次にミズホが木林に何やら耳打ちすると、木林が明らかな棒読みで言葉を発する。

「さて、このマスの中には一体何が入っているでござるかな」

「川や海、森が描いてあるイヌ！」

フラワー島のイヌスケが大きな声で答えてくれたのを受け、更にミズホが木林に耳打ちすると、また木林は棒読みで話しだす。

「そうですね。イヌスケ殿の言う通りでござる。ここには沢山の障害物があります。大きな穴や小さな穴。石が落ちていたり、おやおやー、上から枝が落ちてきそうな木なんかもありますね」

他にも危険そうな崖《がけ》や川、行く手を阻《はば》む岩がある。そして、スタート地点から一番遠く離れた斜め上にはバンダナを巻いて長髪でチェックの着物を着てサングラスをかけた、木林のパチモンのようなキャラクターが満面の笑みで立っていた。どうやら、そこがゴールのようである。

更にミズホが耳打ちをした後に、木林が言葉を発する。

「さて、このマスの中を通って、無事にとってもハンサムで格好よくて優しくて頼りがいがある木林仙人の所に行くにはどうすればいいでござるかな？」

「……木林さん、なんだか、こういう記者会見、結構昔にあったよな」

「ああ、いわばこれは『ささやきミズホ』じゃな」

苦笑しながら秋良と山太郎が揶揄《やゆ》するが、二人も木林の授業がうまくいくことを願っていないわけでは決してない。

「センニンってなにヒツジ？」

「ええと、とりあえずそれはおいておいていいですよ」

そして、ここからはようやく木林の意志で話し始める。

ミズホもこのマップを作る時に「あまり子供達が分からないものを入れると、本筋の興味から外れてしまうかもしれませんが……」と苦言を呈したのだが、その言葉に木林が落ち込んで「そうでござるか……。そうでござるよね。拙者《せっしゃ》、一度で良いから木林仙人となってゴールに立ってみたかったでござるが、ミズホ殿がそういうのなら、仕方ないでござる。木林仙人は消すでご……」と泣いたのを見て瞬間的に「木林仙人、残しましょう。最高ですので」と通してしまったのだった。

ミズホ自身とにかく木林に甘いことは分かっているのだが、それも仕方がない。木林のことが好きなのだから。木林の望みならなんでも聞いてあげたい、叶《かな》えてあげたくなるのが、乙女の心情であった。

さて、木林の問いに関してだが、元気よく手を上げたウマコが答える。

「はい。キバヤシセンニンの所に無事に行くには、まずそこを真っすぐ行って、そこを曲がって岩の上を越えて、川を迂回《うかい》してから更に真っすぐ。そうすれば行けるウマ」

「ちょっと待ってくださいスズメ。そこならそうやってそういけば、もっとはやくいけますスズメ」

流石《さすが》に年長組が多いフラワー島のウマコ、そしておじさん島でも一番お姉さんのチュンリーがしっかりと手を上げて質問に答えていく。どうやら、分かりやすい資料が目の前に現れたことで、子供達も理解しやすくなったようだ。

ネコミは紙とにらめっこをしながら、ええと、ああいって、あそこにいけば、ああ、行き止まりネコ……などと言いながら悩んでいるが、それはそれで楽しそうである。

「そうですね、いくつかの通り道があります。では、皆さん今考えた通り道をプログラミングしてもらいます」

「それを、ぷろぐらみんぐ？」

そこで木林がミズホに目配せをすると、みんなに新たな資料、手のひらぐらいの大きさのカードの束《たば》が配られる。

そこには次のようにあにまる文字で書かれてあった。

「前進」「後退」「左向く」「右向く」「反復」「ジャンプ」「しゃがむ」「パンチ」「キック」

「防御」「拾う」「使う」「盗む」「笑う」「怒る」「泣く」「喚《わめ》く」「寝る」「くしゃみ」「おなら」

行動の書かれたカードが沢山配られて、それを眺める子供達。代表してチュンリーが質問をする。

「ええと、このカードをどうすればいいんでスズメ？」

「ええと、これは皆さんの行動を示すカードでござる。なので、ゴールの木林仙人の場所へとたどり着くためのルートを頭の中で考えて、このカードを順番に全て並べて、その通りに動かしていく、でござる。そして、拙者《せっしゃ》の作ったフィールドを攻略していってください！」

「ああ、なるほどね。つまりはロープレだ！　紙でやるロープレ」

秋良の言葉に嬉《うれ》しそうに頷《うなず》く木林。

「流石は秋良殿。ゲーム世代。そう、RPGのようにコマンドを選択してクリアをしていく、という流れです。これがプログラムです。ここに行って、この選択肢を選んだら、ここに行く、そして物語が進むというわけです。ちなみにこのマップの絵を描いてくださったのはGANMA島の源氏平太郎先生こと、森田岳人殿でござる」

「豪華だな!!　あの先生それなら早く『旅客少女』の続き描けよな！」

あにまるワールドを愛している岳人は、基本的にあにまるの子供達のためになる仕事を優先するのがポリシーであった。確かに、無駄に上手《うま》い絵なのは秋良も気になっていた。ミズホの注文が厳しかったのもあるが、木林仙人も超凛々《りり》しくなっている。

「それでは、皆さん、カードを自分の机に順番に並べていってくださいでござる！」

木林がスタートを告げると、早速みんな、せっせと並べていく。

黙々と机にあるカードと黒板に貼られたマップを見比べて作業をする子供達を見て、木林は幸せそうな笑みを浮かべるのだった。そして、幸せそうな笑みを浮かべる木林を見て、ミズホは気絶しそうなほどの多幸感に包まれて、天にも昇ってしまいそうな気持ちになるのだった。

それからしばらくすると、ネコミが元気よく手を上げた。

「はい！　ネコミ出来たよ！」

「お、一番乗りはネコミ殿ですな。では、見せてください」

ネコミが並べたカードを木林は確認する。そこには「前進」「前進」「前進」「右向く」「前進」「しゃがむ」………と数枚のカードが順番で置かれていた。

「うんうん。これがネコミ殿のプログラミングですな。では、マップをこの通り移動していきましょう。ジャジャーン!!　これがネコミ殿の分身、めいたんていネコミちゃん駒ですぞ！」

木林の懐《ふところ》から出てきたのは、小さな木材の土台にネコミのイラストが描かれた紙が載っている、特製駒である。

「ええ!?　なにこれネコ!?　ネコミだネコ！　しかもめいたんていネコミちゃんバージョ

ン‼　可愛《かわい》い。素敵すぎて震えるネコ……」

「ふっふっふ。土台は山太郎殿、イラストは勿論《もちろん》、源氏平太郎先生にお願いしました」

「ちょっと木林さん。源氏先生にあんまり仕事よこさないでくれる⁉　こっちの案件もあるんだからさ！」

秋良がぶーぶーと文句を言うが、ハンモック探偵の時からＧＡＮＭＡ島は木林に傾倒しているため（木林がＧＡＮＭＡ島の全てを看破《かんぱ》したオタクであること、彼らも知っているゲームプログラマーに、『ウォーウォーウォーフォー』の伝説のアバター『びろぢ』であることを知って、島民はおろか、源氏平太郎こと森田岳人も感激した経緯がある）、結局文句を言うことしか出来ない。所詮《しょせん》秋良は一介のファンでしかなかったのだ。

ネコミは自分の駒を掲げてウキウキご機嫌にゲームを開始する。

「よし、じゃあ早速このカードの順番通りにこの、めいたんていネコミちゃんコマを動かしていくネコ」

「あ、ちょっと待ってください」

自分の並べたカードの順番通りにネコミ駒を動かそうとするネコミを、木林が慌てて止める。

「ええ。なにネコ？　もうネコミがネコミちゃんを動かそうとしていたところなのにー」

「あはは。すいません。ですが、このネコミ殿は、本人ではなく、別の人に操作してもらおうかと思いまして」

「にゃにゃ⁉ そうなの？ ネコミなのに⁉ ネコミのいしではなく⁉ ネコミ、あやつられちゃうの？」

「ええ、そうなのです。では、そうですね。ブタサブロウ殿、ネコミ殿の並べたカードの順番通り、このめいたんていネコミちゃんを動かしていってください」

「え。俺？」

突然使命されたブタサブロウもびっくりした表情で自分を指で差す。

誰かが並べたカードを、別の人が動かして操作する。これがこのゲームの面白い所である。つまり、並べたカードが正解かどうかの答え合わせでもあるのだ。

ネコミの席の前に立ち、ブタサブロウは一枚ずつカードを実行し始める。

「ようし、いくブタ。まずは、『前進』ブタ」

ポスンと、ネコミ駒を一マス前進させるブタサブロウ。他のみんなも作業の手を止めて、その動きを見守る。

「よし、じゃあ次も……『前進』ブタね」

更に一歩前進させる。

「で、『前進』『右向く』」

ブタサブロウはカードの指示の通り、駒を前進させて、くるんと右を向かせた。

「ええと、次は、『前進』ブタね。はい、前進」

そして、ブタサブロウがネコミ駒を一マス前進させると、そこは川の上だった。

「ああああああああああ！！！　川に落ちちゃったネコ！！！　あーーー、ネコミ――――！！！」

川に落ちてしまったネコミ駒を見て、大声で悲鳴をあげるネコミ。それを見て、微笑《ほほえ》みながら木林が判定する。

「あー、川に入ってしまったらゲームオーバーでござるな。もう一度カードの順番を考えてみるでござる」

「えーーー。なんでネコー。これ、もっとブタサブロウが上手にネコミをあやつっていたら良かったんじゃないの？」

「いやいやいやいやいや、違うだろうブタ。俺はお前が並べたカードの指示通りに動かしただけブタ。普通にネコミのカードの配列が悪いブタ。これ、最短距離で川に溺れにいっただけブタ」

「えー、ネコミなら川ぐらいジャンプしたり泳いだりして、全然渡れるよ」

「いや、だからそれなら『ジャンプ』とか、『泳ぐ』のカードを持ってこないと駄目なんじゃないかブタ」

「にゃにゃ！！？？　なるほど!!　そういうゲームなのかネコ？」

「だから、そういうゲームなんだってブタ！」

失敗しても、皆とても楽しそうである。

それからはイヌスケやリンタロウが挑戦して、見事にゴールまでたどり着くことが出来た。更にそこからは最短ルート、一番少ない枚数でゴールに行く方法や、重複したカードを使わないで行く方法など、テーマを変えて授業をして、子供達は大盛り上がりだった。

「それでは、二面を紹介しましょう!!」

次に木林が黒板に張り出した紙は、新しい面であった。

今回は障害物はない。

その代わり、マップの中に沢山の種類のサングラスがいくつも落ちていて、ゴール地点には困った顔の木林仙人が泣きながら滝に打たれていた。

「あ、キバヤシセンニンが困っているネコ!!」

「本当だ。きっとサングラスがなくて困っているんだヒツジ」

「その通りでござる。マップの中にサングラスや眼鏡を50種類描いてもらったでござる。ここから木林仙人の正しいサングラスを拾って、届けてほしいでござる」

「ええ？　これどれがキバヤシセンニンのサングラスだブタ？」

「最初のマップを見たら良いかもウマ。最初のゴールにキバヤシセンニンの絵が描かれていたからウマ」

「そうだイヌ。見てみよう」

子供達はしっかりと見比べて、真剣にゲームを楽しんでいる。

「なかなかのクソゲー感はあるけど。ていうか木林さん、マジで源氏先生使いすぎじゃねえ？　なんでサングラス50個描かせたりする？」

「いやいや、子供達がこれだけ楽しんでいるんじゃから、たいしたもんじゃよ」

「その通りですよ秋良さん」

「まあねー、それは全然良いんだけどさ」

木林の授業の成功を、素直に喜ぶおじさん達であった。

「分かったでスズメ！　ここをこうして、こうしたら、このメガネ！　このメガネをキバヤシセンニンに届けるでスズメ!!」

チュンリーは一目散に一つの眼鏡目がけてカードを並べてプログラムを組んでいく。それをウマコが操作してくれて、見事に一つの眼鏡をキバヤシセンニンに届けることに成功した。

「やった!! 私が一番乗りでスズメ！！」

喜ぶチュンリーだが、届けられた眼鏡を見て、木林は残念そうに笑った。

「ああ、残念です。これは木林仙人のサングラスではなく、いつも拙者《せっしゃ》がかけている眼鏡でしたね」

「しまった！ いつものキバヤシの眼鏡を当ててしまったでスズメ!!」

「……いや、ていうかよくわかるな。50個落ちてんだぞ」

なんとなくでも、この授業を通してプログラムを理解してくれたら。それだけで木林は満足だった。

「キバヤシ、次のマップは？ 早く次がしたいネコ」

なんだかんだで楽しみになってきた子供達が催促するが、木林は困ったように俯《うつむ》く。

「ええと、ですがもう新しいマップは描いていませんので……」

だが、そこでミズホが再び耳打ちをする。それを聞いて、木林がニヤリと笑う。

「流石《さすが》はミズホ殿。素晴らしいアイデアでござる。これは、ミズホ殿自身から言ってもらいたいでござる」

「いえいえ！ 私はいいので、びろぢ様、あ、いえ、木林さんから……え？ 私から、がよろしいのですか？ それなら」

何度も危機を救ってくれたミズホに感謝している木林は、説明をミズホに譲る。

「ええと。それでは皆さん、外に出ましょう」

「外？」

「外ネコ？」

子供達の問いに、眼鏡に手をかけ、ミズホは頷《うなず》く。

「ええ。外に出て、実際に皆さん自身の行動をカードで並べて、その通りに動く、リアルプログラミングの授業をしましょう。木の上にびろぢ様、あ、木林さんに立っていてもらって、一番先にたどり着けた方が優勝です」

それを聞くと子供達は大喜びでカードを持って外へ駆け出して行った。

「拙者、仙人の格好で木の上にいないといけないでござるな。落ちないようにしないと、でござる」

不安そうに呟《つぶや》く木林の肩にチュンリーがパタパタと止まって、励ましの言葉をかける。

「ふっふっふ。大丈夫でスズメキバヤシ。私なら『飛ぶ』のカード一枚であそこまで行けますから、すぐでスズメ」

「あはは。それは完全にチートキャラでござるな。チュンリー殿」

それから、おじさん島全体を使ったプログラミングの授業が、夕方になるまで続けられたのであった。

番外編　最高の酒の肴《さかな》を語ろう！

これは、進達があにまるワールドにやってきてしばらく経《た》った頃の、第15回おじさん会議の話である。

その日のテーマは秋良の発言から始まった。

「あ、そういやさ。おじさん会議の議題、てほどじゃねえんだけどさ。ちょっと気になることがあって」

「ほうほう、なんでござるか？」

その日は進と秋良と山太郎と木林の四人だけで夜、ビールを飲んでいた。ほろ酔い加減の木林が秋良に尋ねる。

「あのさ、皆、酒の肴で何が好き？」

「おつまみってことでござるか？　うーん、拙者《せっしゃ》の好きなおつまみはうーん。そう突然言われますと、悩みますなあ。山太郎殿は？」

「ああ、酒のアテか。……アテなら、ワシは意外と乾き物も好きかのう。アテなら、ナッツとか、柿の種とかも捨てがたいのう」

「あ、ちょ、ちょっとタンマ。ごめん、ちょっとタンマ。酒の肴の内容に行く前に気になったことが出来ちゃった」

「え？　なんでござる？」

「なんじゃ？」

自分から質問をしておいてすぐに流れを止める秋良に、木林も山太郎も怪訝《けげん》な顔を見せる。

「いや、その、それぞれの酒の肴の言い方、で引っかかっちゃったんだけど。統一出来てないね」

「どうしたんじゃ秋良君。突然ストップをかけて」

「秋良殿。自分で始めておきながら待ったをかけるとはよくないでござるぞ。待ったはよくないでござる」

「いや、そこも言い方まちまち！　タンマとかストップとか待ったとか！」

酒の肴の言い方に対してツッコもうと思っていたのに、今度は待ったの言い方に引っかかってしまう秋良。それに対して、山太郎も木林も自身の言い方を全面的に主張する。

「ええ？　普通ストップじゃろう？　ストップの方が英語じゃし、外国の人にも分かりやすいじゃろうが」

「いやいや。そんな完全に日本人丸出しの山太郎殿が何で国際的基準でものを言っているでござるか。突然グローバルにならないでほしいでござる。こういうのはシンプルに待ったでござろう？　ちょっと待ったあああああ！！！　とか、日本男児っぽくて格好良いでござる」

「うん？　タンマじゃねえの？　俺は昔からこういう時、タンマって言ってたもんな。ええ、同じおじさんなのに、こうも言い方にブレがあるかね？　もう、ラチあかねえ。こういう時は進さんに決めてもらおう！　進さんは？　タンマ派？　ストップ派？　待った派？」

困った時の島リーダーである。秋良は三人の話を楽しそうに聞きながらビールをちびちび飲んでいた進に采配《さいはい》を委ねる。

「はあ、なるほどですね。えー、と。どうでしょうかねえ。『ストップ』『待った』『タンマ』ですか。私は、どうでしたかねえ。ちょっと考えますので、少々お待ちくださいね」

「『少々お待ちください』だね。進さんは『少々お待ちください派』でした。結局全員違うじゃねえかよ」

「いや、『少々お待ちください』は『待った』の丁寧語でござるから、進殿は拙者《せっしゃ》と同じ『待った』派閥ですぞ」

「いや、木林さん必死じゃん。まあ、そんな必死になるようなことでもないけどね」

木林に呆《あき》れてツッコミを入れる秋良に同意するように、山太郎は笑い声をあげる。

「まあ、こういうジェネレーションギャップっていうか、地域性とかの違いはあるもんじゃよ。ハンバーガーショップやチキン屋の呼び方とかでもな」

「確かに。面白いですね。そういうのって若い子に関してだけかと思っていましたけど、おじさん同士でもあるものなんですね」

「まあ、広範囲でおじさんっつっても、俺が38で山太郎の棟梁《とうりょう》が62で24歳差。親子ほど、ほぼ、干支《えと》二周分違うからな」

秋良の言うことはまさにその通りで、実際、山太郎には秋良と変わらない歳《とし》の息子がいるほどである。

「まあまあ、言い方ぐらい別にいいじゃないですか」

「それじゃあ最初に戻って、一応聞いておくけど、進さんの酒の肴《さかな》の言い方は？　なんて呼ぶ？　進さんが俺達のどれかに入れれば多数決で決まりなんだからさ。なあ、酒の肴だよな？」

「いやいや、つまみですぞ」

「いや、アテじゃろう」

結局先ほどと同じ状況になってしまった。三人に詰め寄られる進は、困ったように腕を組んで考え込むと、自身の答えを発表する。

「うーむ。そうですね。私は、酒のお供、ですね」

「酒のおとも？」

「はあ、なんとも上品ですねえ」

「なんだよ。結局全員違うじゃねえか。進さん、誰かに肩入れしたくなくてわざと言ったんじゃねえの？」

「あはは。そんなことないですよ」

笑って誤魔化《ごまか》す進に詰め寄る秋良だが、その横から木林が攻撃を仕掛けてくる。

「というか秋良殿、ちょっと話を戻すのですが、そもそもタンマって、何でござるか？」

「え？」

「待ったも、ストップも、少々お待ちくださいも、意味は分かるでござるでしょう？　ですが、昔から思っていたのでござるが、タンマってどういうことでござるか？　一体その言葉はどこからきたんでござる？」

「えーと、だな………。それは待った？　とか、タイムが崩れた形？　とか、言われていた気がするけど……。よく知らない」

自信なく呟《つぶや》く秋良を見て、木林はしめたとばかりにニヤリと笑う。

「ほら、秋良殿も使っておきながらよく分かってないでござるではないか」

「自分で意味が分からない言葉を、訳も分からず使うとは、感心せんのう」

「というか、タンマが『待った』から派生されたのなら、秋良殿も『待った』派閥ではござらんか。全ての川は『待った』の海に帰るでござる」

「滅茶苦茶言われるじゃん俺。そんなに言われるようなこと？」

「そもそも言い方が違うとツッコんで、難癖をつけてきたのは秋良殿ですからね」

「いやだって気になるじゃん！　普通はちょっとのズレとかは気にならないけど、さっきはなんか狙ったみたいに肴《さかな》、つまみ、アテ。タンマ、待った、ストップって、全員が違うもんだからさ」

秋良と木林が熱くなってきたのを見て、進がにこやかに宥《なだ》める。

「まあまあ、皆さん落ち着いて。でも私も秋良さんの言ったように、タイムの言い方が訛《なま》ったとか、待ったを逆から呼んで『たっま』。『タンマ』となったという風に聞いたことありますよ」

「おお……。ありがとう進さん。やっぱりあんたは俺の救世主だわ」

「また進殿は、秋良殿に甘いんだから」

「まあ、でも確かに同じものでも言い方が違うっていうのはよくあるものじゃ。ワシが使っていた大工用具でも、トンカチ、ハンマー、殴り、など、一つのものでも言い方が色々あったからのう」

「あと、女性の呼び方に関しても、アマ、ちゃんねー、ナオン、スケ、おなご、とかもござるな」

「どこの不良漫画だよ。アマとかスケとか死語だよ。そもそも木林さん、あんた絶対そんな言葉女の子に使わないじゃん。女子高生のこと、女子高生様、とか言う癖に」

「あはは。死語でござったか。まあ、今では写メも死語でござるからね」

木林の言葉に秋良が驚く。

「ええ⁉ 写メなんて今でも使うし送るじゃねえかよ。それこそ今の時代の言葉じゃねえの？」

「写メは元々が写メールの略ですからね。スマホやSNSの流行で、写メは死語になったと聞いたことがあります。あと、有名なのは巻き戻しとかも死語ですね」

「え⁉ 今でもするじゃん。DVDとか、動画とか見てる時に、映像を戻す時に巻き戻し……」

「それは言葉だけが残って、おじさんが使っているだけじゃろう。ビデオテープがなくなって、今じゃ巻いて戻したりしてないからのう。今では早送り、早戻し、というのじゃよ」

「そ、そんな。俺より格段に年上のじいさんに教えられちまった……」

「まあ、ワシも従業員の若い子や孫に聞いて知っていただけじゃよ」

そういわれると、今と昔で言い方が変わっているものは多く存在する。

「まあ、本当、最近の言葉はよく分かんねえよな。ズボンをパンツって言ったりさ。じゃあパンツは何って聞いたら、パンツはパンツっていうのね！ それならパンツの上にパンツ穿《は》いてお出かけ、とかになるんじゃねえの？」

「あはは。そうですよね。九州の方がさつま揚げ等の練り物のことを天ぷらと呼んで、サクサクの海老天《えびてん》やかき揚げなんかの天ぷらのことも、天ぷらと呼ぶのと一緒ですね。練り物の天ぷらうどんにサクサクの天ぷらをのせて、天ぷらうどんに天ぷらのトッピングという言葉と同じです」

「……あ、いや、まあ、一緒は一緒だけど。うん。なんか進さんの例えは、独特だよね」

先ほどと同じく、自身のフォローをしてくれているにも関わらず、身も蓋《ふた》もない言い方でちょっと引いてしまった秋良であった。

「あと、昔流行《はや》った言葉だったら、ボディコンとか、ジュリアナとか、花金とかでござるかね」

「そこは多分、山太郎の棟梁《とうりょう》に木林さんの時代だな。俺や進さんは言葉だけ知っているけど詳しくは分からないんだ。俺達はたまごっちとか、ポケベル世代だからな」

「それは、ワシの子供がやってたやつじゃな」

山太郎62歳、木林51歳、進42歳、秋良38歳なので、確かにその中でジェネレーションギャップが存在してもまったくおかしくない。

「そういやこの前カンナにポケベル知ってるかって聞いたら『まったくもって知らないですです』って言われたよ」

「あはは。結局、私達の世代でそれぞれ流行った死語が違っても、もっと若い方々には死んだ言葉どころか、そもそもご本人達が生まれてすらいないんですよね」

「まったくでござりますな」

「年寄りが疎《うと》まれるわけじゃ」

「はっはっは」

「はっはっは」

「はっはっは」

おじさん達は朗らかに笑った。いつの間にか時代に、流行に追いつけなくなるのは年を重ねゆく者の宿命なのだろう。

「さあ、話もまとまったところで、今日はおひらきとしますかね！」

「酒の肴《さかな》の話ーーーー！！！　酒の肴の話を、しないのかよ！！！！！」

なんとなくまとまった感じがしたので、普通に話を終えて片づけを始めようとした進に、秋良が大きくツッコむ。そう、一番初めに秋良があげた議題に、まだ一歩も入っていなかったのだ。

「あ、そうでしたね。酒のお供の話をしなくては」

「ああ、そうじゃった。酒のアテじゃな。アテの話じゃ」

「流石《さすが》は秋良殿。ナイスツッコミですぞ。では、酒のつまみの話をしましょう」

「いや、いちいち自分の言い方を主張しなくていいからさ。面倒くさいおじさん達だな」

「ですが、そもそも秋良殿の言う、肴だって、不思議でござるぞ」

またしても自分の言い方に注文をつけられ、秋良はドキリとしてしまう。

「ええ？　また俺のに何か用？　そう何度も難癖つけるのやめて？　なにがよ？」

「酒の肴といっても、海や川を泳いでいる魚という字とは違っているでござる。カタカナのメの下に有るという漢字で、肴、でござる」

「ああ、確かにそうじゃのう。『肴』、じゃのう。これがどういう意味なのか、秋良君は知っているのかのう？」

「あ、いや、その、それは」

「自分が主張している言葉くらい、自分で説明出来ないと、でござるぞ」

「そうそう。さっきも秋良君はタンマの由来を知らなかったわけじゃからな。疑わしいのう……」

ニヤリと笑いあう山太郎と木林に、焦った秋良は目を泳がせながら、なんとか自身の見解を主張する。

「え？　そ、それはあれじゃねえかよ。酒の肴は肴だから。元々、昔は酒と一緒に魚を食べていた、とかそういう所からとって、んじゃ、ねえの？　きっと」

「じゃあ、何で漢字が違うでござるか？　カタカナのメの下に有限会社の有るという漢字で、肴なんでござるか？」

「あ、いや、それは……」

再び簡単に追い込まれてしまった秋良。そして、そこに、また仏のような島リーダーの助け船が出航する。

「元々、酒のお供は、酒菜という字で表現されていました。野菜、惣菜《そうざい》、菜っ葉の菜ですね。酒の菜と書いてサカナと呼ばれていたのです。今でもご飯のおかずなんかのことをお惣菜っていうでしょう？　要は酒のおかず、という意味だったんですね。その酒菜という漢字が一文字になって、今の肴《さかな》という字となって、酒の肴、という風に使われるようになったと聞いています」

「おお………。す、進さん……ありがとう!!　ありが……とう！！」

進の足元に縋《すが》りついて礼を述べる秋良を、木林と山太郎は呆《あき》れて見下ろす。

「流石《さすが》は進殿。詳しいですぞ。秋良殿は、進殿に救われてばかりですぞ」

「本当に、進君は甘いのう」

「あったまきた。じゃあつまみはなんでつまみ、アテは何でアテっていうのか知ってんのかよ！」

「酒の時につまむものだからでござるー」

「酒にあてがうもの、という意味で、それを短くしてアテ、という風に言うようになったのじゃ」

「クソ！！！　何で知ってんだよ！　俺だけ自分のワードが分からずに使ってる浅い奴じゃねえか。なんでだよ」

「それはやはり、金髪だから、かの」

「金髪のことというんじゃないよ。いや、もう早く酒の肴の話をしようぜ！」

「いや、じゃから酒の肴の話をしておったじゃないか」

「そういう意味じゃなくて！　酒の肴の『肴』の意味の話じゃないの！　具体的に何が好きかっていう話がしたいの。俺は皆がどういうものが好きかを知りたいんだよ」

始めは、宴会のついでになんとなく聞きたかっただけのことだったが、ここまできたらもう、なんとしてでも全員の好きな肴を聞き出したくて仕方がなくなっていた。

「本当、秋良殿は素直じゃないでござる」

「皆のことを知りたいって素直に言えばいいのにのう」

「そういえば、秋良さんのいう、酒の肴というのは食べ物だけじゃなく、お酒を飲みながらする話題のことも肴といいますよね」

「お。じゃあ、今までの会話が全て、酒の肴だったたってことでござるな」

「がっはっは！　そういうことじゃな」

「……いや、もうマジでそういうのいいからさ。いい？　話続けて。まずは進さんからね。酒の肴。何が好き？」

　ようやく主題に入ることが出来た。進もにこやかに一番手を引き受け、答えてくれる。

「私はですね。ビールも好きなんですけど、ワインも嗜《たしな》みますので、好きな酒のお供と言いますと、スモークチーズや、生ハムにカナッペとかですね」

「お洒落《しゃれ》！　滅茶苦茶お洒落じゃねえかよ！　あ、でも俺も生ハム大好きだわ！　マヨネーズをたっぷりつけて食べると美味《うま》いんだよな!!」

「え？　秋良さんはマヨネーズなんですか。私はオリーブオイルをかけたり、チーズをのせて食べるのが好きです」

「ワシは生ハムには絶対に塩じゃな！　元々塩気のついてるやつならそのままじゃが、味がないやつは塩を振って食べると、これがまあビールに合うんじゃ！」

　折角《せっかく》話が進んだと思ったら、今度は生ハムに何をかけるかで停滞してしまった。

「んだよ。またおじさん内で意見が分かれるのかよ。マヨネーズが一番美味いに決まってんだろう？　じゃあ木林さん、木林さんは生ハムに何かける？」

「拙者《せっしゃ》はメロンですな」

「出たよ！　生ハムメロン!!　それは生ハムに何をかけるか、じゃないよね。逆じゃん。メロンに生ハムの布団をかけてんじゃん。そんなの富豪の食べ方じゃねえか！　生ハムとメロンのどこが合うっていうんだよ」

ちっちっちと人差し指を揺らして木林は秋良に笑いかける。

「あの、生ハムの塩っけとメロンの甘さが絶妙に合うんでござるよ」

「はいはいはい！　私はメロンに塩をかけますから、木林さんと同じですです♪」

「メロンメインの話になっちゃったよ。ていうかカンナ、お前いつからいたんだよ！　ちゃっかりビールまで飲んで」

突然姿を現したカンナに驚きながらも、秋良はしっかりと必要なツッコミを叩《たた》き込む。

カンナは山太郎の後ろに隠れてケラケラ笑っている。

「えへへー。なんだかおじさん達が盛り上がっているなと思って、こっそり近づいてビールを拝借して秋良さんが責め立てられるのを面白がりながら聞き耳立ててましたました！ちなみに私はおつまみのことは『オードブル』。待ったのことは『ちょ待てよ』って言いますます！」

「また、変なテンションの奴が入ってきちゃったよ。ていうかカンナ、メロンに塩っつった？　何でメロンに塩かけるんだよ。スイカじゃねえんだぞ！」

「それだけじゃないですよ。私はイチゴにも塩かけます。甘さが増して美味《おい》しいんですよね」

「いやだ。この子気持ち悪い！　こんな子早く追い出して！　おじさん達の集うこの場にふさわしくないわ！」

「そういえば、きゅうりにハチミツかけるとメロンっていう都市伝説、なんだったんでしょうね」

「ああ、あとプリンに醤油でウニとかな！　麦茶と砂糖でコーヒー牛乳なんてのもあったよな。うん、どうでもいいよ！　国民の舌がイカれてた時代だよ！　もう、言い方から食べ方、趣味嗜好《しこう》と、全然違うんだな俺達！」

お互いの意見を出しあうのだから、当然違いはあるとは思っていたが、こうもはっきり好みが分かれるとは。

「そして生ハムに関してはマヨネーズと言った俺が一番お子様感あるし。損してない？」

「まあ、実際おじさんの中では一番お子様じゃからのう。年齢的に。まあ、話に戻ろうかのう。ワシの酒のアテは、乾き物も好きじゃが、酒飲みっぽいものでいえば、エイヒレや枝豆に、たこわさ、キムチ奴《やっこ》とか、じゃな」

「おお、まさに酒飲みのおじさんが好きそうなレパートリーだな。いいじゃんいいじゃん。そういうのもっとくれよ！」

「拙者《せっしゃ》もエイヒレ、好きでござる。香ばしいやつが大好きでござる」

「でもキムチ奴はずるくない？　キムチと冷奴は別々にカウントしないと、なんでもありになっちゃわない。地球が滅《ほろ》ぶ前に最後に食べる一品なら何がいいってのに、カツカレーって答える奴みたいでさ。俺あれ許せないんだよな。カツカレーだったら、一品と少し違う気がするんだよ。カレーを選んだヤツととんかつを選んだヤツが損したみたいで可哀《かわい》そうじゃねえか」

「秋良殿、凄《すご》く熱く語るでござるな。いや、それなら屁理屈《へりくつ》を言ってしまえば、カレーライスだって、カレーとご飯になってしまうでござるよ」

「えー、カレーライスも2品になっちゃうのー？　それはきついなー」

それを聞いた進が、恐る恐る尋ねる。

「カツ丼とかも駄目なんでしょうか？　カレーうどんは？」

「駄目！　とんかつとご飯。カレーとうどんでござるからな！」

「ええ、じゃあ俺、カツカレーうどんが結構好きなのに！　それなら3品じゃん！」

「ふっふっふ。ワシは人生最後に食べるのはカンパチの刺身じゃから、問題ないな！」

「えー、マジで？　海鮮丼とかじゃなくていいの？」

「海鮮丼じゃなくていいんじゃ。カンパチと人生最後の思い出話をしながら、ワシは死んでいくのじゃ」

「クソ格好良いじゃねえかよ。おとなだなー、山太郎の棟梁《とうりょう》は」

「あっはっは！」

カンパチの刺身で普通に尊敬され、まんざらでもない山太郎。

「話を戻しましょうかね。で、秋良さんの好きな酒のお供は何ですか？」

「俺の酒の肴《さかな》はだな！………たこ焼き、お好み焼き、ポテトチップスだな！」

「……完全にお子様でござるな」

「……そうじゃのう」

発起人のリストにしてはあんまりなレパートリーに、目に見えて木林と山太郎のテンションが下がる。

「なんだよなんだよ。うまいじゃねえか！　ビールに最高に合うしよ！」

「なんか、質問的にそういうのじゃない雰囲気でござるのに。言い出しっぺが、まさかのたこ焼き……」

「生ハムにマヨネーズをかけるのも伏線になっておったのう。ソースにマヨネーズが大好きなんじゃな」

「こらそこ、陰口禁止。じゃあ木林さんはなんなんだよ？」

「拙者《せっしゃ》はバーニャカウダ、マッシュルームのアヒージョ、アクアパッツァでござる」

「シャレオツ！！　シャレオツオブジイヤー!!　ちょっとなんでそんなシャレオツなやつなんだよ、ズルいズルい!!　俺もそれならそういうのにしたからよ！　カルボナーラとか、パエリヤとか！！」

「絶対炭水化物。炭水化物でお酒飲まないと死ぬ呪いでもかけられているでござるか？」

がっつり引いた木林の横から、ご機嫌な笑顔でカンナが参戦する。

「ちなみに私はおつまみなら、カステラ、饅頭《まんじゅう》、チョコレートですです！」

「うわ、出たよ！　甘い系で酒飲むヤツ！」

「炭水化物でお酒飲む人にあんまり言われたくないですけどどー」

「ていうか、これだけ色々と酒のおつまみの話をしていると、食べたくなってきましたでござる」

「そうじゃのう。ワシらが言ったアテは、この島じゃ手に入らないからのう」

「まあ、豆腐に似た植物等、代替品も色々と見つけられてきてますから、夢は大きく持って、これからのおじさん島ライフを送っていきましょう。今日は皆さんの好きなものが分かったので凄《すご》く有意義でした。秋良さんありがとうございました。さて、これでおひらきにしましょうか」

気が付くとすっかり夜も更《ふ》けていた。流石《さすが》に明日も島での仕事があるため、あまり夜更かしはしてはいけない。

「そうじゃな、では、これでしまいとするか？」

「解散といたすでござるー」

「ああ、ちゃんちゃんだなー」

「………」

「………」

「………」

「………………また、意見が分かれたようじゃのう」

ここは珍しく、進も自身の意見を押し通そうとする。

「いや、これは確実に、おひらきでしょう？　今日はおひらき、という定型文があるぐらいですから。おひらきがしっくりきますよ」

「いやいや、しまいでいいじゃろうが」

「解散でござるよ」

「ちゃんちゃんだろうが‼」

「「「いや、ちゃんちゃんって何！！？？？」」」

秋良以外の、シンクロしたおじさん三人のツッコミが、島中に響き渡るのだった。

〈『はたらけ！　おじさんの森５』へつづく〉

ヒーロー文庫

はたらけ！　おじさんの森《もり》 4

朱雀《すじゃく》 伸吾《しんご》

2023年4月10日　第1刷発行

発行者　前田起也

発行所　株式会社　主婦の友インフォス
〒101-0052 東京都千代田区神田小川町 3-3
電話／ 03-6273-7850（編集）

発売元　株式会社　主婦の友社
〒141-0021
東京都品川区上大崎 3-1-1 目黒セントラルスクエア
電話／ 03-5280-7551（販売）

印刷所　大日本印刷株式会社

ISBN 978-4-07-455150-7